사르비아 총서 · 317

이범선 작품선

이범선 지음

범우사

차   례

선량한 사람들이 받은 삶의 상처

임헌영 (문학평론가)

10편의 장편과 70여 편의 중단편을 남긴 이범선의 소설세계에는 1950년 6·25가 남긴 우리 민족의 상처가 곳곳에 도사리고 있다. 평안남도 안주군 신안주면 운학리의 대지주 집안에 태어난 이범선은 고향이 학의 이미지를 주는 이름이었듯이 작가 자신도 일생을 고고한 학처럼 세속에 물들지 않은 채 잔잔히 살다 갔다.

무대를 강원도로 잡았으나 정작은 작가 자신의 고향을 연상시키는 〈학마을 사람들〉은 민속적인 학의 전설과 이를 믿고 소박하게 살고 있는 마을 사람들이 일제 식민지부터 해방과 6·25동란을 겪으면서 어떤 수난을 받았는가를 차분하게 그려 준다. 유지급인 이장 영감과 서당의 박 훈장은 의좋은 전형적인 우리 시골사람으로 마을 사람 모두가 잘살도록 앞장선다. 그러나 그 손자들(덕이와 바우)은 처녀 봉네를 두고 서로 좋아하며 다투다가 덕이가 그녀와 결혼하게 되자 바우는 마을을 떠난다. 6·25가 터지자 바우는 홀연히 나타나동 인민위원 회장이 되어 미신 같은 이야기를 쫓고자 학을 향해 총을 쏴댄다. 인민군의 후퇴와 함께 바우가 마을을 떠나자 다시 평화가 오는가 했으나 1·4후퇴로 사람들은 다시 피난길에 오른다. 수복 후 마을에 들어온 사람들은 학 나무와 이장 집과 봉네의 집이 타버린 채 새까만 뼈대만 남은 걸 발견하고는 바우를 떠올린다. 그런데 손자를 기다리느라 마을에 남았던 박 훈장의 시체가 이장의 무너진 집 벽 밑에서 발견된다. 그날 밤 이장도 "학, 학 나무를, 학 나무를……" 이라고 더듬거리며 세상을 떠나 덕이는 두 위패를 모신다.

작가는 여기서 분단의 비극을 그리는데, 이념의 문제를 완벽하게 삭제해 버린다. 바우는 실연 때문에 사회주의자가 된 것처럼 그려지며, 그런 바우는 고향에 와서도 농지개혁이나 어떤 정치·경제적인 행위보다는 학을 없애려는 일에 먼저 손을 댔는데, 이것은 이범선이 지닌 지주집안 출신으로 월남해 온 작가의식의 소산임을 느끼게 한다. 작가는 역사와 민족의 운명을 사회과학적인 관점으로 해부하기보다는 정서적인 태도로 접근하여 학의 나타남과 사라짐, 제 새끼를 물어 죽이기, 새끼 낳는 수의 많고 적음 등등으로 풍년과 가뭄과 국가의 길흉을 예견한다. 전설적인 세계에서 사람들이 사는 모습은 원초적으로 같을 수밖에 없다는 작가의 세계관이 스며 있는 작품이다.

여기서 작가가 이장과 박 훈장이 어떤 정치적인 대립 속에서도 오해나 불화가 없이 믿고 사랑하는 관계를 유지할 수 있었다는 모습을 보여주었다는 사실은 상징적이다. 손자들의 대립도 이들의 우애를 저버릴 수 없었고, 끝내는 박 훈장은 자기 손자에 의하여 강요받은 적대감조차도 거절한 채 죽어갔음을 암시하고 있다. 작가가 이런 죽음을 통하여 제시하는 것은 소박한 인간주의적 삶의 진솔함이다. 이런 인간주의에는 승리자도 패배자도 없다. 다만 선량하기 때문에 겪지 않을 수 없는 삶의 상처가 있을 뿐이다.

이장도 박 훈장도 서로를 미워하고 원수가 될 수 없는 것은 보통사람의 선량함 때문이며, 그들은 자신이 잘살기 위하여 남을 죽여야 한대도 그렇게는 못할 인간상들이다. 바우 역시 마찬가지여서 그는 학을 죽일 수는 있어도 마을 사람은 그러지 못했다. 서로가 좋아했던 봉네에게도 비인간적인 행위는 하지 않았다. 우리 나라의 다른 분단 소재 소설들은 이럴 경우 예외없이 개인적인 앙갚음으로 옛 연인을 정복하는 것으로 사건을 전개하는데, 이범선은 악인을 그리는 데 소질이 없을 뿐만 아니라 세상에 악인은 아예 없다고 치부한다. 가해자이기보다는 차라리 피해자인 편이 이범선 문학이 창조한 인간상들이다.

〈오발탄〉도 그렇다. 송철호 일가는 모두가 피해자들이나 원수를 갚기보다는 차라리 자신들이 불행하게 살아가는 길을 택한다. 동생 영호가 강도짓을 하다가 들키자 '인정' 때문에 죽이지 못한 게 화근이 되어 체포당한 것은 이범선 소설의 참모습이다.

양심이란 손끝의 가십니다. 빼어버리면 아무렇지도 않은데 공연히 그냥 두고 건드릴 때마다 깜짝깜짝 놀라는 거야요. 윤리요? 윤리. 그건 나이롱 빤쯔 같은 것이죠. 입으나마나 불알이 덜렁 비쳐 보이기는 매한가지죠. 관습이요? 그건 소녀의 머리 위에 달린 리본이라고나 할까요? 있으면 예쁠 수도 있어요. 그러나 없대서 뭐 별일도 없어요. 법률? 그건 마치 허수아비 같은 것입니다. 허수아비. 덜 굳은 바가지에다 되는대로 눈과 코를 그리고 수염만 크게 그린 허수아비. 누더기를 걸치고 팔을 쩍 벌리고 서 있는 허수아비. 참새들을 향해서는 그것이 제법 공갈이 되지요. 그러나 까마귀쯤만 돼도 벌써 무서워하지 않아요. 아니 무서워하기는커녕 그놈의 상투 끝에 턱 올라앉아서 썩은 흙을 쑤시던 더러운 주둥이를 쓱쓱 문질러도 별일 없거든요. 흥.

— 〈오발탄〉 중에서

영호가 늘어놓는 이런 억설은 50년대의 분단사회를 살았던 사람들의 생각을 그대로 대변한 것이기도 하다. 이장이나 박 훈장 같은 세대가 사라지고 난 뒤 50년대의 한국 사회는 홉스의 《레바이아단》이 생활교본이 될 정도로 인간과 인간이 서로가 이리인 시대로 접어든다. 영호도 사람에서 늑대가 되고자 변신을 꾀했으나 그는 기어이 인간으로 남을 수밖에 없었으며, 그 증거가 그로 하여금 강도를 하는 데 법률의 망은 넘어섰으나 인정선에는 철컥 걸려 체포된 결말로 반증된다. 철호도 영호도 어쩔 수 없이 영원한 피해자적 인간상으로 남을 것이며, 이것이 이범선 소설의 본질이기도 하다.

이범선의 첫 작품인 〈암표〉는 글도 모르는 맏아들이 군에서 마을의 김 훈장이 써 준 봉투에다 일등병 계급장만 그려서 보낸 편지를 받고서 배워야 한다는 걸 절감하고 작은놈을 중학교에 보내겠다고 생각을 고치는 최 영감의 심리적 과정을 그려 준다. 여기서 배워야 한다는 지각은 어떤 면에서는 선량한 이범선의 주인공으로부터 멀어지는 것을 의미하기도 한다. 배움으로써 남을 지배하고 이기주의적 자세로 자신의 이익을 위하여 남을 희생시키고도 양심의 가책을 느끼지 않는 인간상을 대량 생산해내는 것이 자본주의 사회의 교육이기 때문이다. 그런데 이범선이 〈암표〉에서 제기하는 작은아들의 중학교 진학은 무식을 면하는 정도에 그치며, 도저히 악인으로 환치될 수 없는 토착적 인간상에 고착되어 있음을 알 수 있다. 지게꾼으로 도시에 나간 아들에게 보낸 고향 농민의 편지를 소개한 〈표구된 휴지〉를 보노라면 이런 사실은 더한층 명백해진다.

〈일요일〉은 전형적인 사소설적 구성으로 이뤄진 소품인데, 잡은 임자를 제치고 자기 모자에 잠시 도망해서 앉았다고 자기 메뚜기라고 우기는 '캡을 쓴 놈'은 이범선이 증오하는 세계악의 화신을 상징한다. 모자를 썼다는 것은 뭔가 권력이나 재력이나 악을 행사할 수 있는 힘을 가진 것을 상징하는데, 이 작가는 힘 그 자체를 비인간화의 원인으로 거부한다.

힘(권력이든 폭력이든 금력이든)없는 사람에 의한 인간다움의 회복은 저절로 이루어지지 않고 많은 희생이 따른다는 것을 〈피해자〉는 보여준다. 고아원을 경영하는 장로의 외아들로 고이 자란 최요한은 고아 양명숙을 좋아했으나 부모의 거절로 목사의 딸과 결혼하게 된다. 최요한은 고아원을 뛰쳐나간 양명숙과 20년만에 술집에서 만나게 된다. 이들 사이에는

6 · 25, 월남 등등 무수한 세월의 풍화가 지나갔으나 사랑에
는 변함이 없었다. '최 목사'란 별명을 가진 교사인 최요한
이 학생들과 경주로 수학여행을 갔는데 몰래 따라간 명숙은
이루지 못할 사랑을 안은 채 자살하고 만다. 최요한은 기독
교 신자인 교직원들을 향하여 "그녀는 피해자입니다. 그리
고 그를 죽인 하수인은 접니다. 당신들의 어리석은 사주를
받은 어리석은 등신 요한입니다. 아니 하수인인 동시에 저도
역시 그녀와 마찬가지로 피해잡니다"라고 말한다.

이 지경에 이르면 이범선의 선량한 사람들의 피해의식은
외형적인 것에만 그치지 않고 심리적, 윤리적인 데에까지 이
르고 있음을 알 수 있고, 그것은 이 작가가 날카롭게 당대의
기독교가 지닌 위선을 비판해 준 여러 대목과 연계된다. 작
가는 〈오발탄〉을 쓰고 기독교계 학교에서 면직을 당한 적이
있는데, 작품 곳곳에서 그는 당시의 기독교 지배층이 비인간
적으로 신앙을 왜곡시키고 있음을 정면으로 풍자하고 있다.

우리 사회는 분단 이후 선량한 사람들이 피해의식에 젖어
헤어날 길이 없는 처지에 있으며, 그것은 산업화 이후에도
변함이 없다.

이범선은 그나마도 50년대적 관점에서 선량한 사람들의
피해의식만 조명했으나, 이미 우리 사회는 '인정'의 단계쯤
은 누구나 파괴할 수 있는 강심장들만이 우글거리는 지경에
이르고 있다. 이런 시대에 이범선의 소설은 한 폭의 수채화
를 보는 느낌일 수도 있을 만큼 새로운 감회를 준다. 농경사
회의 기본적인 도덕과 윤리의식이 지배하던 시대의 인정삽
화가 이범선 소설의 구수한 장점이자 한계이기 때문이다.

이범선 작품선

암표(暗標)

"희(熙)도 가고, 남(南)이도 가고, 다 간다는데 ⋯⋯."

"희 얘긴 왜 하노, 니 어디 희처럼 부잣집 아들인가?"

"남이는 머 ⋯⋯."

"갸는 지 누이가 돈 안 버나."

"그래도 ──, 흥, 엄마아 ──."

이제 며칠 안 있으면 초등학교를 졸업하는 작은 놈이, 저녁 설거지를 하고 들어와 앉는 제 어머니를 붙들고 조른다.

중학교에 넣어달라는 것이다.

최(崔) 영감은 못 들은 척 돌아앉아, 문에 붙은 손바닥만한 유리 조각으로 어두워가는 밖을 내다보며, 곰방대만 뻐끔뻐끔 빨고 있었다.

"울긴. 운다고 어디서 돈이 뚝 떨어지는가?"

"⋯⋯."

기어이 또 어미 등에 얼굴을 대고 우는 모양이다. 벌써 며칠째 저녁이면 이런다.

최 영감은 보지 않아도 뻔히 아는 꼴이라, 담뱃대를 털고 두어 번 빈 대를 푹 푹 불어서 허리춤에 쓱 찌르며 일어섰다.

"어짤기요? 낼까지란데."

　최 영감의 등에 밀어맡기는 그의 아내의 소리였다. 그래도 최 영감은 그저 벙어리였다.

　밖으로 나온 최 영감은, 봄이라도 아직 그대로 얼어붙은 마당 한모퉁이 외양간으로 갔다. 거기엔 소가, 후 후, 코로 더운 김을 내뿜으며 여물을 먹고 있었다. 최 영감은 나뭇주걱으로 구유 한 옆에 여물을 몰아, 소 코 밑으로 밀어넣어주었다. 써거덕 써거덕 여물을 씹는 소 입짜개미에서 길게 침이 흘렀다.

　최 영감은 우두커니 소와 마주 선 채, 대견한 듯이, 옆으로 삐걱삐걱 움직이는 소 주둥이를 내려다보고 있었다.

　지금 어짤기요 하던 아내의 말은, 이 소를 두고 하는 말이다.

　그야 아내의 말대로, 초등학교 일학년 때부터 죽 최우등을 도맡아 해온 그놈의 재질이 아까워서가 아닌들, 시킬 수만 있고 보면야 싫다고 해도 도리어 매질이라도 할 게 아닌가. 그런 남의 속도 모르고 애놈까지 희도 가는데 남이도 가는데 하며, 구장네 아들은 돈이나 많거니와 그, 딸을 내앉혀 술장사를 시키고 자기는 자기대로 투전을 부쳐먹는 박(朴) 첨지네 아들까지를 견주어 부러워하는 데는 정말, 소 아니라 집이라도 팔아 시키고 싶은 생각이 하루에 열두 번도 더 났다.

　그런 최 영감이면서도, 정작 영감의 눈치를 봐가며,

"어짤기요, 소라도 팔아 시켜야지"

하는 아내의 말에는 번번이,

"당치도 않은"

하고 돌아앉곤 하였다.

설마 자식보다 더하다고야 하랴마는, 최 영감이 소를 생각하기는 자식만치나 중했다.

그래 평생 번 게 뭐가 있단 말인가. 땅을 파먹는 놈이 제 땅이란 한 뼘도 없이, 그저 아들 둘에 다 기울어진 초가 한 채와, 그리고 이 소 한 놈밖에. 남의 소를 이태나 키워주고 겨우 송아지 한 놈을 얻어, 그걸 얼마나 귀하게 키워왔노. 참말이지 애 키우듯, 비오는 날이면 자기 적삼을 벗어 등에 씌워가지고 풀을 뜯겼고, 다 큰 소가 된 지난 가을만 해도 행여 짐이 과할까 하여 최 영감 자기 지게에 수숫단을 한 단 더 놓아 질망정, 소 등에는 안 지웠다. 게다가 올해는 큰놈마저 병정으로 나갔으니, 소 없이 어떻게 농사를 한담. 아무리 조금 되는 농사라곤 하지만.

"안돼, 당치도 않은."

최 영감은 무슨 일이 있어도 소만은 팔 수 없다 하였다.

그러고는, 그까짓 중학교는 해 뭘 할 게냐. 농군의 자식이 농사나 짓고, 밥 잘 먹는 게 젤이지. 하긴 글 모르는 신세도 되우 안타깝긴 하더라만, 그래도 공부 못한 이놈은 자식새끼 밥 먹였어도 공자 맹자 무불통달이라는 김(金) 훈장은 제길, 단 부처, 죽도 끼니를 거르더라. 제 형놈만 해도 안 그런가, 중학교보다 한층 더 고등학교까지 나왔다는 구장 아들, 희의 형은 못 나가는 병정을, 제 이름자 하나 변변히 못 쓰는 제 형놈은 잘만 나가지 않았나 말이다 하고 뻔히 알면서도 이렇게 역설로 나가곤 하였다.

지금도 최 영감은 그렇게 수월히 마음을 털며, 소 이마를 슬슬 긁어주고는 돌아서 동사 쪽으로 걸었다.

그건 그렇고, 그놈은 또 어찌 되어먹은 놈이, 군대에 간 지 석 달이나 되도록 편지 한 장 없담. 떠날 때 그만치나 귀를 붙들고 일렀는데, 그래 아무리 무식하기루, 그래도 야학을 두 겨울이나 했다는 놈이 집주소를 쓰고 딱지까지 붙인 봉투를 열 장이나 보따리 속에 넣어주었는데, 그야 우체통에다 못 넣는단 말인가! 그렇지 않으면 원, 김 훈장이 주솔 잘못 써주었단 말인가.

최 영감은 궁금한 큰아들의 생각과 함께 까닭모를 울화가 치밀어 카 — ㄱ 하고 가래침을 돋우어, 언 길바닥에 탁 뱉었다.

다음날 아침이었다.

"이, 이놈에 새끼야! 왜 아침부터 울구, 사람의 화를 돋우니, 응!" 하고 소리를 지르며 꼬던 새끼를 손에 든 채 방문을 열어젖히는 최 영감의 기세에, 작은놈은 책보를 끼고 부엌 문에 붙어서서 엄마를 조르다 말고 사립문 밖으로 튀어나갔다.

"동냥은 못 주나마, 쪽박은 깨지 말라고, 욕은 왜 해쌌노."

부엌에서 자기 어머니의 볼멘 소리가 들렸다.

아닌게아니라, 최 영감 자신도 그랬다. 평생에 큰 소리 한 번 하는 법 없이 그저 벙어리처럼 살아오던 자기가, 왜 오늘 아침 따라 그렇게 울화가 떠오르는지 모를 일이라 했다. 마치 아내가 데리고 들어온 아들이기나 한 것처럼, 아내만치 아들의 편이 되어줄 수 없는 심사도 안타까웠다.

그는 일어나 변소로 갔다.

바자 너머로 저만치 큰길을, 애들이 대여섯 명 뭐라고 재잘대며 학교로 가고 있다. 맨 앞에 가는, 까만 외투를 입고 손가방을 든 놈이 구장네 아들 희, 그와 붙어서 지금 뭐라고 손을 내저으며 시늉을 하는, 책보를 허리에다 질끈 동여맨 놈이 술집 박 첨지 아들 남이, 그 뒤에 좀 작은 놈들 셋, 그리고 그보다 댓 걸음 떨어져 작은놈이 모자도 못 쓴 머리를 수그리고 혼자 걸어가고 있다. 책보를 왼편에 끼고, 오른손을 자꾸 얼굴로 가져간다. 그때마다 해진 팔꿈치가 입을 쩍쩍 벌린다. 아직 울고 있는 모양이다.

소변을 보고 서서, 멀거니 이 모양을 바라보던 최 영감은 앞이 자꾸 흐려져서 눈을 서벅서벅하였다.

그는 방으로 들어가다 말고, 팔짱을 지르며 돌아서 동사 쪽으로 걸었다.

"철없는 놈, 지 밥 먹으라고 그러지."

홧김에 가마니를 칠 생각도 않고 나가 있던 최 영감은, 점심때가 거의 다 되어서야 들어왔다.

손에는 누런 봉투의 편지를 한 장 들고 있었다. 틀림없이 그때 큰놈 보따리 속에 넣어주었던, 김 훈장이 먹으로 집주소를 써준 그 겉봉이었다.

"큰애한테서 소식 왔는교?"

"응."

맷돌에 밀을 갈고 있던 아내의, 반색을 해 묻는 물음에 대

한 최 영감의 대답은 웬일인지 시원치가 않았다. 그래 그의
아내는 되짚어 물었다.

"어디 앓는다는기요?"

"앓긴."

"배나 안 곯는가 몰라."

"나라에서 병정 밥 굶길까."

"과히 고되지나 않다요?"

"……."

"그래 머랬능기요."

"머 ……. 잘 있다지, 본래 말없던 놈이니."

그의 아내는, 아무리 말 않던 놈이란들 석 달이나 떨어져
있었으니 할 말이야 왜 없으랴만, 제 무슨 재간에 그렇게 자
세히 써냈을 겐고 하는 생각에서, 그저 앓지 않고 살아 있는
것만 알아도 무던하지 하고 주억주억 맷돌만 돌렸다.

아랫목에 가 앉아, 큰아들의 편지를 앞에 놓고 멍히 내려
다보고 있던 최 영감은, 머리를 뒤로 젖혀 천장을 향해 입을
한번 쩝 다시며, 몸을 한옆으로 기울이고 허리춤에서 곰방대
를 뽑아내었다. 담배를 한 대 다 피우는 동안에도 그의 눈은
깜박이기를 잊어버린 채 넌지시 앞의 봉투를 보고 있었다.

이윽고 그는 편지를 집어들며, 무엇에 놀란 사람처럼 벌떡
일어났다.

"내 주의(周衣) 내주어."

최 영감은 편지를 시렁 위에 올려놓고, 벽에서 때묻은 개
털 모자를 벗겨 먼지를 털었다.

"어디 갈랑기요?"

"읍내 좀."

"이제 읍낼? 늦일텐데."

" …… 중학교 기한이 오늘까지라매?"

" ……?"

그의 아내는 맷돌질하던 손을 멈추고 물끄러미 최 영감의 뒷모양을 쳐다보았다. 잠깐 동안 둘이 다 아무 말도 없었다.

밖에서 버걱버걱 소의 새김질하는 이빨 소리가 유난히 크게 들려오는 것 같았다.

최 영감이 무명 주의에 개털 모자를 쓰고 읍내로 들어간 지 얼마 안 있어, 작은놈이 학교에서 돌아왔다. 오늘 따라 기운이 통 없는 게 더한층 추워 보였다.

"아버지 봤니."

"아 ── 니."

"읍내 가셨지, 늬 학교에."

"엉? 학교?"

갑자기 작은놈의 눈에 생기가 돌았다.

"그래 니 중학교 보내줄라꼬."

"그래? 야 ── 좋다!"

작은놈은 두 손을 엄마 무릎 아래 넣은 채, 껑충껑충 뒷다리를 위로 차올리며 좋아하였다.

"그라고, 형한테서 편지도 왔다."

어머니의 까만 얼굴에도 웃음이 가득 찼다.

"그래? 어디 있노? 엉, 형아 편지 어디 있노, 엉?"

"저 시렁 위에 올려놓나보더라."

"그래, 엄마, 형이 나 중학교 보내주라고 했능기요 엉?"

"글쎄? 형의 편질 보고 갑자기 읍내로 가더니 참 그랬나 보다. 어디 니 좀 봐라."

최 영감의 아내도, 정말 그랬는지도 모르겠다 하는 생각에서 얼른 일어나 편지를 내려주었다. 작은놈은, 한문자로 쓴 겉봉은 알지도 못하려니와 볼 필요도 없이 곧 알을 꺼냈다. 형이 떠날 때 몇 장 뜯어주었던 공책. 낯익은 종이였다.

"……?"

"……?"

둘이 다 눈이 휘둥그레졌다.

"이게 멋꼬?"

"……."

한순간에 모든 것을 다 알아차린 어머니는, 얼른 고개를 돌렸다. 마치 안 볼 것이나 본 것처럼. 그리고 시룽시룽 맷돌을 돌렸다. 그의 눈에는 눈물이 글썽 고였다.

"이게 멋꼬?"

작은놈은 다시 한 번, 공책장 편지를 앞뒤로 살펴보았다. 그러나 아무리 보아도 거긴 글자라곤 한 자도 없었다. 그리고 그저, 몇 번이나 썼다 지웠다 했는지 첫머리께가 거의 창이 난 종이 한가운데, 그것은 무슨 암표인지 언젠가 읍내에서 본, 국군의 모자표 같은 세모꼴의 한 옆이 없는 V표만, 연필 자국이 푹 뒷등에까지 파이게 그려져 있을 뿐이었다.

일요일(日曜日)

　한번 실컷 늦잠을 자본다고 벼른 일요일 아침은 도리어 여느 날보다도 더 일찍 잠을 깬다.

　일찍 일어나도 별로 할 일도 없다.

　잠은 깨어서도 눈은 감은 채 게으름을 부리고 늘어져 누워 있다. 얼굴에 와 붙는 파리가 성가시다. 이제 그만하면 되었다고 생각하며 벌떡 일어난다. 책상 위에 풀어놓은 손목 시계를 들여다본다. 아직 이르다. 이제 출근을 한다 쳐도 충분히 이른 시간이다. 어쩐지 큰 손해를 본 것 같다. 누가 깨우기라도 했더라면 한바탕 야단을 쳐주고 싶은 심사다. 잠이 모자라서는 아니다. 그러니 다시 자리에 누울 수도 없다.

　팔이 떨어지게 한 번 기지개를 하고 마루로 나오면 이제부터 하루는 온전히 내것이구나 하는 생각에 마음이 흐뭇해진다. 이 내것인 하루, 스물네 시간을 한번 멋들어지게 지내보자고 우선 하늘부터 쳐다본다. 그러나 벌써 아침 시간부터 주체할 수가 없다.

나는 떠다놓은 세숫물은 그냥 둔 채 수건과 비눗갑을 들고, 속셔츠 바람으로 목욕탕으로 갔다. 안 가면 한 달쯤은 예사로 안 가고 지나는 목욕도, 이런 아침에는 이상스레 선뜻 나서게 된다. 제 생각에는 기껏 이르다고 해봐도, 탕 안에는 벌써 사람들이 많았다.

이렇게 아침에 일어나는 대로 선뜻 오면 몇 가지 안 벗어 곧 벌거숭이가 될 수 있는 게 좋았다. 아마 평소에 목욕하기를 싫어하는 것은, 겹겹이 입은 그 옷을 벗기가 귀찮아서인지도 모른다고 생각하며 혼자 씩 웃었다.

물 안에 몸을 푹 담갔다. 뜨겁지는 않으나 덥다. 눈을 감았다. 쭉 뻗은 하체가 둥실 물에 뜬다. 모든 세상사에서 완전히 떠난 듯한 가벼운 기분이었다. 데가닥거리는 물바가지 소리들이 멀어진다. 다시 잠이 스르르 안개처럼 혈관 속으로 스며들었다.

갑자기 탕 물이 출렁하며, 얼굴에 물이 튀었다. 나는 얼른 손으로 닦고 눈을 떴다. 대여섯 살 가량 나보이는 어린애가 탕 안으로 점벙 뛰어들었던 것이다. 그 뒤로 그의 아버지인 듯한 뚱뚱한 사람이 볼품없이 툭 튀어나온 배 위에 수건을 덮어가지고 따라 들어오고 있었다. 그는 음 음, 군힘을 쓰며 슬며시 탕에 몸을 담그고는 손으로 어린애 등에 물을 슬슬 끼얹어주고 있었다. 그때마다 탕 안의 물이 출렁거렸다. 어린놈은 어린놈대로, 수건을 그물삼아 고기 잡는 시늉을 하며 놀았다. 들어올린 수건에서 주르르 물을 찌우고는 철썩 소리를 내며 다시 수건을 물속에 넣곤 하였다. 그때마다 물방울이 사방으로 튀었다. 탕 안의 사람들은 모두 눈살을 찌푸렸다. 그러나 뚱뚱보는 그저 귀여운 듯, 여전히 손으로 어린애 등에 물을 끼얹어주고 있을 뿐이었다.

나는 일어섰다. 탕 밖에도 사람은 가득했다. 나는 간신히 탕 밖 한귀퉁이 빈 자리를 찾아나와 앉을 수 있었다.

"에! 그놈 참!"

누군지 또 한 사람 참다못하여 탕 밖으로 기어나왔다.

내가 한참 몸을 씻고 있을 때였다.

"조곰 조입시다."

바로 그 뚱뚱보였다. 나는 한 번 그의 배를 쳐다보았다. 그리고 이번엔 옆사람과의 사이를 살펴보았다. 어쩌자는 것인지 나는 그의 심사를 알 수가 없었다. 아무리 보아도 나와 옆사람 사이에는 한 사람이 더 들어앉을 만한 틈이 없었던 것이다. 더구나 그 뚱뚱한 배. 어쨌든 나는 깔고 앉았던 나무판을 이쪽으로 좀 당겨 앉았다.

그는 쓱 돌아서더니 다짜고짜로 그 벌건 궁둥이를 남의 얼굴 앞으로 돌려대었다. 아무리 비위가 좋은 그라도 그 짬에 들어앉을 수는 없었다. 그러나 어쨌든 그는 앉았다. 그러니까 그 짬에 끼여앉은 게 아니라 두 사람 무릎 앞에 가 앉은 것이다. 그의 아들도 그와 마주앉았다. 그는 물을 한 바가지 떠다놓고는 그 흐늑흐늑한 몸뚱이에 다부지게 비누칠을 하기 시작하였다. 이번에는 수건에다 마구 빨랫비누를 문질렀다. 그리고 그것을 새끼처럼 몇 번 비틀어 꼬았다. 등을 닦을 셈인 것이다. 한쪽 어깨 너머로 철썩 수건을 넘겨쳤다. 뒤로 꽤 멀리까지 비누 거품이 튀었다. 이쪽 손을 등 뒤로 가져갔다. 피둥피둥한 넓은 잔등에 수건이 짧다. 좀처럼 수건 끝을 잠을 수가 없다. 어찌어찌하여 간신히 잡았다. 그는 씩씩 가쁜 숨을 내쉬며, 톱질하듯 수건을 위아래로 당겼다 놓았다 하였다. 그때마다 비누 거품이 좌우 옆으로 튀었다. 내 몸에도 턱턱 와 붙었다. 불쾌하기 짝이 없다.

'여보, 좀 조심합시다.'

거의 입 밖에까지 나오려는 말을 꿀꺽 참았다. 또 하나, 주먹만한 거품이 이번엔 나의 물바가지 속에 와 떨어졌다. 정말 화가 치밀었다. 나는 떠놓고 아직 쓰지도 않은 물을 그의 궁둥이 밑에 쏟아버렸다. 그리고 새 물을 한 바가지 떠 들고, 차라리 저만치 찬물통 쪽으로 피하고 말았다.

"야, 저기 자리 났다."

눈사람처럼 온몸에 비누칠을 한 뚱뚱보는 내가 일어서자마자, 앞에 앉았던 아들을 내 자리에 불러 앉혔다.

나는 피해 앉은 자리에서 머리를 감았다. 두 손, 열 손가락으로 머리를 한바탕 긁었다. 그리고 눈은 감은 채 손으로 물바가지를 더듬어 찾았다.

바로 그때였다.

누군지 내 등에다 찬물을 좍 끼얹었다. 나는 깜짝 놀라 후닥닥 일어섰다. 두 손은 비누 거품을 잔뜩 쓴 머릿속에 찌른 채 눈을 치떴다.

바로 그들이었다. 턱밑에 맺힌 물방울을 손으로 털고 있는 그 어린이는 유난히 큰 두 눈을 똑바로 뜨고 나를 마주보고 서 있었다. 그리고 뚱뚱보는 그 징그러운 궁둥이를 쳐들고 또 찬물을 뜨는 중이었다. 이제 그것을 서 있는 아들놈 꼭대기에서부터 또 내려부을 모양이었다. 옆의 사람들이야 어찌 되든간에 그까짓것은 애당초 생각도 않는 그였다.

나는 그 허연 볼기짝을 한번 시뻘건 손자국이 나게 갈겨주고 싶은 충동을 느꼈다. 마치 짓궂게 나만 따라다니며 못살게 구는 것 같은 그들 부자가 막 미웠다. 나는 어른답지도 않게 증오에 가득 찬 눈으로 마주선 어린놈을 쏘아보고 있었다. 비눗물이 흘러들어 눈이 쓰라렸다. 나는 상을 찡그리고, 눈을 꾹 지리감았다. 또 한 번 촥 하는 소리와 함께, 내 아랫도리에 찬물이 마구 끼얹혀졌다.

"윽, 으흐흐 ──."

"멀, 시원하지, 한 바가지 더."

뚱뚱보는 또 물을 푸러 가는 모양이었다. 나는 그 자리도 또 피해야겠다고 생각은 하면서도, 머리에서 자꾸 비눗물이 흘러내려 눈을 뜰 수가 없었다.

나는 눈을 지리감은 채, 두 손으로 앞을 가리고, 을씨년스러운 모양을 하고 서서 매를 기다리는 죄인처럼 이제 또 촥 끼얹혀질 찬물을 기다리는 수밖에 없었다.

나는 이렇게 하여 명랑하던 일요일 아침을 목욕탕에서 아주 망쳐가지고 돌아왔다.

날씨는 여전히 더웠다.

종일 아무 데도 안 나갔다.

저녁때에 나는 걸상을 들고 대문 밖의 그늘로 나갔다.

길 건너, 저 쪽은 바로 언덕이었다.

그 언덕 위에는 애들이 대여섯 명 모여 서 있었다. 발로 풀을 이리저리 헤친다. 메뚜기를 잡는 모양이었다. 나는 부채질을 하며 그들을 바라보고 있었다.

한 놈이 비탈로 내려왔다. 그러자 다들 따라 내려온다. 다섯 놈이 한데 뭉쳐 이리로 온다. 다들 초등학교에 들어갔을까 말까한 같은 또래들이었다.

몇 걸음 걸어오다가는 또 모여 선다. 무어라 한바탕 지절대다가는 또 흩어져 걸어온다. 그러단 또 한 놈에게로 모여든다. 앞에 오던 놈까지 돌아서 그리로 간다. 그러고는 또 흩어져 걷는다. 그러기를 내 앞에 와서 또 우르르 모여 섰다.

나는 일어서서 머리 너머로 둥글하니 둘러선 그들의 가운데를 들여다보았다. 내가 상상했던 대로 역시 메뚜기를 잡아 가지고 오는 길이었다.

가운데 선 웃통을 벗은 놈이 손가락만한 메뚜기의 두 다리를 잡고 들여다보고 있다. 빙 둘러선 딴 놈들은 부러운 눈으로 그것을 지키고들 있었다.

"난다, 임마."

메뚜기 임자인 웃통을 벗은 놈이 이렇게 말하자,

"못 난다, 임마."

그 옆에 선, 흰 셔츠에 파란 캡을 쓴 놈이 대들었다. 바로 그놈이었다. 아침에 목욕탕에서 그의 아버지와 함께 나를 못 살게 굴던 그놈이다.

"난다, 임마."

"못 난다, 임마."

"아까 날더라, 임마."

"자식, 못 날아, 임마."

"그래도 아깐 날더라. 그렇지?"

옆의 동무들을 돌아보며 응원을 청하였다.

"못 날지이. 그렇지?"

이번엔 캡을 쓴 놈이 옆의 동무들을 돌아보았다.

"못 날아."

한 놈이 캡을 쓴 놈에게 동의하였다.

"그래, 못 날아."

또 한 놈이 역시 못 난다는 편에 가 붙었다.

"날아!"

메뚜기를 쥔 놈은 한 번 더 우겨보기는 하나, 좀 자신이 없
는 소리였다.

"못 날아."

"그건 뛰는 거야."

"그럼, 얼마나 멀리 뛴다고."

"그래 ──."

한꺼번에 네 놈이 공격을 하였다.

" ……?"

메뚜기를 쥔 놈은, 이제 아주 자신을 잃어버렸다.

"못 날아, 임마. 봐봐."

캡을 쓴 놈의 말이다.

"싫어. 날믄."

다들 못 난다고는 하지만, 그래도 그놈이 아까 보니까 꽤
멀리 날던데 하는 게 메뚜기를 쥔 놈의 생각이었다.

"자식, 못 날아."

캡을 쓴 놈이 손으로 웃통을 벗은 놈의 턱을 슬쩍 치받
쳤다.

그 바람에 메뚜기를 쥔 놈이 흠칫하였다. 딴 놈들도 일시

에 눈을 깜빡하였다.

다시 열 개의 까만 눈들이 메뚜기를 쥐었던 놈의 손끝으로 모였다. 그런데 거기에는, 있어야 할 메뚜기는 없고 그저 메뚜기의 다리만이 한 개 쥐어져 있을 뿐이었다. 서로들 마주쳐다보았다. 어찌 된 셈이냐는 것이다. 다음 순간, 그들은 일제히 뒤로 돌아섰다. 달아난 메뚜기를 찾는 것이었다.

웃통을 벗은 놈의 손에서 튀어나, 캡을 쓴 놈의 머리 위에 붙었던 메뚜기는 그때에야 껑충 땅바닥에 뛰어내렸다. 다들 와르르 그리로 몰려갔다. 캡을 쓴 놈이 재빠르게 손으로 메뚜기를 덮쳤다. 캡을 쓴 놈 손에 잡힌 메뚜기는, 남은 한 다리로 제법 꺼들꺼들 방아를 찧었다. 그러자 메뚜기 임자인 웃통을 벗은 놈이, 캡을 쓴 놈 앞으로 다가가며 그의 손에서 메뚜기를 잡으려 하였다.

캡을 쓴 놈은 얼른 메뚜기를 쥔 손을 뒤로 돌렸다.

"줘."

"싫어."

"왜?"

"네거야?"

"내게 아니구."

"어째?"

"내거 아니구."

"네, 놓쳐삐리지 않았나."

"머가 놓쳐삐려. 다리가 떨어졌지."

"그러니까 놓쳐버렸지."

"머가 놓쳐삐려."

"내 모자에 붙었댔어."

캡을 쓴 놈은 놓치지 않았냐는 논법이 좀 미약하다고 생각하였던지 이번엔 딴 문제를 들고 나왔다.

메뚜기가 자기 모자에 잠깐 붙었던 것을 무슨 권리나 되는 것처럼 내세웠다.

아주 맹랑한 놈이다.

"그렇지? 내 모자에 붙었댔지?"

캡을 쓴 놈은 딴 동무들을 돌아보았다. 그러니까 내것 아니냐는 것이다.

"그래."

한 놈이 대꾸를 하였다.

"붙었댔으면 붙었댔지, 머."

"그러구 뭘 걸, 내가 잡았는데 멀."

"줘!"

웃통을 벗은 놈이, 제법 이번에는 단호한 소리로 대들었다. 그따위 당치도 않은 소린 그만두라는 어조였다.

"자식!"

캡을 쓴 놈이 웃통을 벗은 놈을 탁 떠다밀었다. 웃통을 벗은 놈은, 뒤로 비틀하다 말고 다시 대들었다. 캡 쓴 놈은 또 한 번, 전보다 좀더 세게 떠밀었다. 웃통을 벗은 놈이 뒤로 벌렁 나가넘어졌다. 그러나 곧 일어났다.

"줘이. 줘이. 메뚜기 줘이."

울 소리다. 그건 벌써 당연한 자기의 권리를 주장하는 게 아니라 한 수 지고 들어가는 못난놈의 소리였다.

"예 ──, 놓쳐뻐리군 멀."

캡을 쓴 놈은 휙 돌아서 달아난다. 웃통을 벗은 놈이 따라 갔다. 딴 놈들도 와 그들을 따랐다.

"줘이. 줘이. 메뚜기 줘이."

웃통을 벗은 놈은 여전히 울 소리였다. 캡을 쓴 놈은 힐끔 힐끔 뒤를 돌아보며, 댓 걸음 앞을 뛴다. 웃통을 벗은 놈은 잔뜩 화가 났다. 그는 길가에서 돌을 집어들었다. 그리고 마구 캡 쓴 놈을 따라갔다. 그런데 무슨 생각에서인지, 캡을 쓴 놈은 뛰다 말고 딱 섰다. 그리고 따라오는 웃통을 벗은 놈을 똑바로 노려보고 있다. 웃통을 벗은 놈은 돌을 쥔 채 캡 쓴 놈 바로 앞에까지 다가갔다.

그러나 돌을 쥔 손을 어깨 위에 올리고 있을 뿐 그것을 상대에게 던지지는 못하였다. 그렇다고 버리기도 싱거워 그는 그저 그러고 있었다.

"줘이. 줘이."

그것은 같은 또래끼리가 아니고, 자기보다 훨씬 큰 사람에게 억지를 쓰는 것 같은 꼴이었다.

한동안 꼼짝않고 마주서서 이 모양을 노려보고 있던 캡을 쓴 놈은 별안간 한 손으로 웃통을 벗은 놈의 머리를 갈겼다. 불의의 봉변에 비틀거리는 놈을, 캡 쓴 놈이 한 번 발로 걸어 찼다. 제법 쌈패식이었다. 그 포악하기란 웃통을 벗은 놈과는 비할 바가 아니었다.

"앙 ——. 메뚜기 줘 ——. 메뚜기 줘 ——."

웃통을 벗은 놈은 정말 크게 울기 시작하였다. 그는 벌써 싸울 용기가 없었다. 바로 그때였다. 웃통을 벗은 놈의 어머니가 달려나왔다.

"누가? 누가? 응. 누가 그러니? 왜 늘 걔 보고 못살게 구니 응!"

악을 쓰는 그 소리에 애놈들은 질겁을 해 달아나고 말았다.

웃통을 벗은 놈만이, 길 가운데 그냥 서서 더 큰 소리로 울었다.

"내 메뚜기 —— 이. 새끼. 새끼. 쟤가. 잉, 나쁜 새끼 ——."

자기 어머니에게 끌려오는 웃통을 벗은 놈은, 뭐라고 욕을 해야 좋을지 몰라 이렇게 주절대며, 힐끔힐끔 애들이 달아난 쪽을 돌아다보았다. 눈물 콧물로 범벅이 된 얼굴은 보기 흉하게 잔뜩 쭈그려잡고, 입은 입대로 울음을 참으랴, 욕을 하랴, 연방 씰룩씰룩한다.

걸상에 앉아 이 모양을 처음부터 끝까지 본 나는, 왜 그런지 그 웃통 벗은 놈이 미웠다. 사리로 따져보나, 또 그 하는 짓의 얄미움으로 보나 괘씸하고 미워해야 할 놈은 분명히 그 캡을 쓴 놈인 것이다.

그러나 어찌 된 셈인지 내가 더 미워하고 있는 놈은 역시, 그 웃통을 벗은 못난 메뚜기 임자놈이었다. 그놈이 내 동생 놈이라면, 그저 한바탕 두들겨 주고 싶으리만치 미웠다.

나는 아침 목욕탕 안에서부터 참아오던 울분을 터뜨리기라도 하는 듯 연방 '못난 자식', '못난 자식'을 맘속으로 되풀이해가며 걸상을 들고 일어섰다.

학(鶴)마을 사람들

　자동찻길엘 가재도 오르는 데 십 리, 내리는 데 십 리라는 영(嶺)을 구름을 뚫고 넘어, 또 그 밑의 골짜기를 삼십 리 더 들어 나가야 하는 마을이었다.

　강원도 두메의 이 마을을 관(官)에서는 뭐라고 이름지었는지 몰라도, 그들은 자기네 곳을 학마을[鶴洞]이라고 불렀다.

　무더기무더기 핀 진달래꽃이 분홍 무늬를 놓은 푸른 산들이 사면을 둘러싼 가운데 소복이 들어앉은 일곱 집이 이 마을의 전부였다. 영마루에서 내려다보면 꼭 새둥우리 같았다. 마을 한가운데에는 한 그루 늙은 소나무가 섰고, 그 소나무를 받들어 모시듯, 둘레에는 집집마다 울 안에 복숭아꽃이 활짝 피어 있었다.

　때때로 목청을 돋우어 길게 우는 낮닭의 소리를 받아 우물가 버드나무 밑에서 애들이 부는 버들피리 소리가 피리 피리 필릴리 영마루까지 아지랑이를 타고 피어올랐다.

이 학마을 이장(里長) 영감과 서당의 박 훈장(朴訓長)은, 지팡이로 턱을 괴고 영마루에 나란히 앉아 말없이 마을을 내려다보고 있었다.

그들은 둘 다 오늘 아침, 면사무소 마당에서 손자들을 화물(貨物) 자동차에 실어 보내고 돌아오는 길이었다. 왜놈들은 끝내 이 두메에서까지 병정(兵丁)을 뽑아냈던 것이다.

두 노인은 흐린 눈으로 똑같이, 저 밑에 마을 한가운데 소나무를 물끄러미 내려다보고 있었다. 그들은 아침부터 지금 낮이 기울도록, 삼십 리 길을 같이 걸어오면서도 거의 한 마디도 없었다.

이윽고 이장 영감이 지팡이와 함께 쥐었던 장죽으로, 걸터앉은 바윗등을 가볍게 두드리며 입을 열었다.

"학(鶴)이 안 온 지가 벌써 삼십 년이 넘어."

"그렇지, 올해 삼십육 년쨀가?"

박 훈장은 여전히 마을을 내려다보는 채였다.

"내가 마흔넷이던 해니까, 그렇군. 꼭 서른여섯 해째군. 하."

이장 영감은 장죽에 담뱃가루를 담으며 한숨을 쉬었다. 또다시, 그 느릿느릿한 잠꼬대 같은 대화마저 끊어졌다.

_꼬꼬……._

또 한 번 마을에서 닭이 울었다. 다음은 고요하다. 졸리도록 따스한 봄햇볕이 흰 무명옷의 등에 간지러웠다. 이장 영감은 갓끈과 함께 흰 수염을 한 번 길게 쓸어내렸다.

학마을. 얼마나 아름답고 포근한 마을이었노.

이장 영감은 어느새 황소 같은 더벅머리 총각으로 돌아가, 이글이글 타오르는 화톳불을 돌며 덩실덩실 춤을 추고 있었다.

옛날, 학마을에는 해마다 봄이 되면 한 쌍의 학이 찾아오곤 했었다. 언제부터 학이 이 마을을 찾아오기 시작하였는지는 아무도 모른다. 어쨌든, 올해 여든인 이장 영감이 아직 나기 전부터라 했다. 또, 그의 아버지가 나기도 더 전부터라 했다.

씨 뿌리기 시작할 바로 전에, 학은 꼭 찾아오곤 했었다. 그러고는 정해두고 마을 한가운데 서 있는 노송(老松) 위에 집을 틀었다. 마을 사람들은 이 노송을 학 나무라고 불렀다.

학이 돌아온 날은 학마을의 가장 큰 잔칫날이었다. 학 나무 밑에선 호기롭게 떡을 쳤다. 서당에는 어른들이 모여 앉아 술상을 앞에 놓고 길고 느린 노래를 흥얼흥얼했다. 그러나 가장 즐겁기는 젊은이들이었다. 이 마을 젊은이들이 마음 놓고 술을 마실 수 있는 날은 이날뿐이었다. 그 외에는 혼인 잔치까지도 젊은이들은 술을 마셔서는 안 된다는 것이 이 학마을의 율법이었다.

그날은 밤이 깊도록 학 나무 밑에 화톳불이 이글이글 탔다. 불가에 둘러앉은 젊은이들은 막걸리를 사발로 마구 들이켰다. 그러면 마을 처녀들은 이렇게 마셔대는 막걸리와 안주를 떨어지지 않게 날라야 했다. 그런 때면, 그 처녀가 화톳불을 싸고 빙 둘러앉은 청년들 중 누구의 어깨 너머로 술이나 안주를 넘겨놓는가가 문제였다. 처녀가 술이나 안주를 누구의 어깨 너머로든지 살짝 넘겨놓으면, 그때마다 일제히 와하고 함성을 올렸다. 그때 탄실이는 꼭 억쇠 —— 지금의 이장 영감의 어깨 너머로 듬뿍듬뿍 안주를 날라다놓곤 하였다. 그러면 또 와와 함성을 올렸다. 억쇠는 슬쩍 뒤를 돌아보았다. 탄실이는 긴 머리채를 흔들며 달아나면서도 억쇠를 향하여 눈을 흘기는 것만은 잊지 않았다. 억쇠는 그저 즐거웠다. 취기가 올라오기 시작하면 억쇠는 일어나 춤을 추었다. 젓가락으로 두드리는 사발 장단에 맞추어 덩실덩실 돌았다. 어느 해엔가는 잔뜩 취하여 잠방이 띠가 풀린 것도 모르고 춤을 추다 웃음판에 그대로 나가넘어진 일도 있었다.

학으로 하여 즐거운 이야기는 마을 처녀들에게도 있었다.

처녀들도 역시 학이 좋았다.

그네들은 물을 길러 뒷산 밑 박우물로 갔다. 그러자면 꼭 학 나무 밑을 지나가야 했다. 그런데 어쩌다 학의 똥이 처녀들의 물동이에 떨어지는 일이 있었다. 그러면 그 처녀는 그 해 안에 시집을 간다는 것이었다. 그래서 나이 찬 처녀는 물동이를 이고 학 나무 밑을 거닐 때면 걸음걸이가 더욱 의젓하였다. 한 해에 한둘은 꼭 물동이에 학의 똥을 받았다. 그리고 그들은 틀림없이 그 해 안에 시집을 가곤 하였다.

탄실이가 시집을 가던 해에도 그랬다. 물방앗간 옆 대추나무 밑에서 자근자근 빨간 댕기를 씹으며,

"학이⋯⋯"

하고 탄실이가 고개를 숙였을 때, 억쇠는 구름 사이 으스름 달을 쳐다보았다. 탄실이에게는 이미 아버지가 정해 놓은 곳이 있었다. 한참만에 억쇠는 탄실이의 보동한 손목을 꽉 붙들었다. 그들은 그 길로 영을 넘었다. 호호, 호호⋯⋯. 길가

나무 꼭대기에서 부엉새가 울었다. 그래도 억쇠의 굵은 팔에 안겨 걷는 탄실이는 조금도 무섭지 않았다.

그러나 그건 시집을 가는 게 아니라서였던지 다음날 아침 그들은 탄실이 아버지한테 붙들리어 다시 돌아왔다. 그 가을에 탄실이는 울며, 단풍든 영을 넘어 이웃 마을로 시집을 가고 말았고 다음해부터는 학날이 와도 억쇠는 춤을 추지 않았다.

"학이 안 오던 그 핸 가뭄도 심하더니."
"허 참. 나라가 망하던 판에 오죽해."
이장 영감은 장죽과 쌈지를 옆의 박 훈장에게 건네주었다. 이장이 마흔네 살이 되던 해였다.

씨 뿌릴 준비를 다 해놓고 마을 사람들은 학을 기다렸다. 그런데 웬일인지 계절이 다 늦도록 학은 돌아오지 않았다. 그들은 하는 수 없어, 학 없이 씨를 뿌렸다. 봄내 여름내 비 한 방울 안 왔다. 모든 곡식은 바삭바삭 말라버렸다. 마을 사람들은 그저 헛되이 학 나무만 쳐다보았다. 학 나무에는 지난 해에 틀었던 학의 둥우리만이 빈 채 달려 있었다.

'학만 있었으면.'
마을 사람들은 여느 해에 그렇게도 영험하던 학의 생각이 몹시도 간절하였다. 이런 때면 학은 늘 하늘과 그들 사이에 있어 주었었다.

가뭄이 들어도 그들은 학 나무를 쳐다보았다. 그러면 학이 그 긴 주둥이를 하늘로 곧추고 비오 비오 울어 고해주는 것이었다. 그러면 또 하늘은 꼭 비를 주시곤 했다. 장마가 져도 그들은 학을 쳐다보았다. 이번엔 학이 가 가 길게 울어주기만 하면, 비는 곧 가시는 것이었다. 바람이 불 것도 그들은 미리 알 수 있었다. 학이 삭은 나뭇가지를 자꾸 둥우리로 물어올리면 그들은 곡식을 빨리빨리 거두어들여야 했다.

그러던 그들은 학이 없던 그 해, 그렇게 가뭄이 심해도 어떻게 하늘에 고해볼 길이 없었다. 그저 저녁때 들에서 돌아오다가는, 빨간 놀을 등에 지고 그림자처럼 조용히 서서, 빤히 석양을 받은 학의 빈 둥우리를 오랜 버릇으로 한참씩 쳐다보고 섰을 뿐이었다.

그러던 어느 날, 기다리던 비 대신 기막힌 소문이 날아 들어왔다. 왜놈들이 우리 나라를 빼앗으러 나왔다는 것이다.

마을 사람들은 며칠 동안 김을 맬 생각도 않고 학 나무 밑에 모여 앉아 멍히 맞은편 산만 바라보고 있었다.

그런데 또 한 겹 더 겹쳐, 마을 안에 열병이 퍼지기 시작하였다. 한 집 두 집, 꼭 젊은 일꾼들이 앓아누웠다. 거의 날마다 곡소리가 들렸다. 학마을은 그대로 무덤이었다.

다음해 봄에도, 또 다음해 봄에도 학은 돌아오지 않았고 흉년만 계속되었다. 그러자 이제 학이 버리고 간 이 학마을에서는 살 수 없으리라는 말이 누구의 입에서부터인지 퍼져 나왔다.

한 집이 떠났다. 또 한 집이 떠났다.

그들은 영마루에 서서 한참씩 학 나무를 내려다보다가는, 드디어 산을 넘어 어디론지 떠나가곤 하는 것이었다.

근 이십 가구나 되던 마을이 겨우 일곱 집만 남았다.

그동안 이장 영감도 몇 번이나 밖으로 나가 살 만한 곳을 찾아보았었다. 그러나 그때마다 번번이 그는 이 학마을을 버리지 못했다. 무쇠 같은 그의 가슴에 첫사랑이 뻘겋게 달아오르던 곳이라서만은 아니었다. 그저 어쩐지 이 학마을을 떠나서는 살 수 없을 것만 같았던 것이었다. 빈 둥우리나마 아직 남아 있는 학 나무 밑을 떠나서 왜놈들이 들끓는 마당에 어딜 가면 살 수 있겠는가 하는 생각에서였다. 남아 있는 딴 사람들도 그랬다.

학은 오지 않고 이름만 남은 학마을은 말할 수 없이 고달팠다.

그래도 해마다 봄은 찾아왔다. 아지랑이가 가물가물 타기 시작하면 그들은 양지쪽에 앉아 수숫대로 바자를 엮으며 어린것들에게 가지가지 학 이야기를 들려주는 것이었다. 어린 애들에게는 그건 해마다 들어도 재미있는 옛이야기였다. 그러나 이야기하는 어른들에게는 그건 슬픈 추억이었고 또 봄마다 속아 벌써 삼십 년이 지난 오늘까지도 끝내 아주 버릴 수 없는 희망이기도 하였다.

"그런데 그 학이 어딜 갔을까?"

"알 수 없지."

"살아 있기는 살아 있을까?"

"학은 장생불사(長生不死)라지 않아?"

"장생불사."

이장 영감은 또 한 번 천천히 수염을 내리쓸다 그 끝을 쥐고 내려다보며 중얼거렸다.

"꽹 꽹, 꽹 꽹, 꽹 꽹, 꽹 꽹."

바로 그때였다. 저 밑에 마을에서 꽹과리 소리가 요란스레 들려왔다. 무슨 일이 일어난 신호였다.

이장 영감은 벌떡 일어섰다. 박 훈장도 담뱃대를 털며 따라 일어섰다. 그대로 꽹과리 소리는 울려 올라왔다. 잠든 듯 고요하던 마을에 새까만 사람의 그림자들이 왔다갔다하였다. 이장 영감은 눈에다 힘을 주고 마을을 살피고 있었다.

"학이다……. 학이다."

이장 영감은 힐끔 뒤의 박 훈장을 돌아보았다. 박 훈장도 이장 영감을 마주보았다.

"학이다……. 학이다."

아직 메아리가 길게 꼬리를 떨고 있다. 둘이 다 분명히 들었다. 그러나 둘이 다 똑같이 자기의 귀에 자신이 없었다. 꽹, 꽹, 꽹, 꽹, 꽹과리 소리가 또 들려왔다. 그들은 얼른 손을 펴 갓양에 가져다대었다. 하늘을 살폈다. 그들이 아무리 그 흐린 눈을 비비고 크게 떠도 그저 저만큼 둥실 흰구름이 한 점 보일 뿐, 학은 보이지 않았다. 그들은 한 번 더 눈을 비볐다. 그래도 역시 학은 없었다. 그저 흰 수염만이 그들의 턱에서 가늘게 떨리고 있었다.

그날, 과연 학은 마을에 들어와 있었다. 영을 내려와 비로소 학이 돌아온 것을 본 이장 영감과 박 훈장은 얼싸안고 엉엉 울었다.

"왔다, 정말 왔어. 으흐흐."

"영감, 이게 꿈은 아니지, 응? 이장 영감, 꿈은 아니지? 으흐흐."

이장 영감과 박 훈장은 갓이 뒤로 벗겨지는 줄도 모르고 고개를 젖혀 학 나무 꼭대기만 쳐다보고 있었다.

쑥 치켜든 주둥이, 이마에 빨간 점, 늘씬히 내뺀 목, 눈처럼 흰 깃, 꼬리께 까만 깃에서는 안개가 피었다. 한 마리는 슬쩍 한 다리를 ㄴ자로 구부리고 섰고 또 한 마리는 그 윗가지에 길게 목을 빼고 두룩두룩 마을을 살펴보고 있었다.

옛날 본 그 학이었다. 꼭 그대로였다. 그들은 자꾸자꾸 솟아나오는 눈물을 몇 번이나 손등으로 닦았다.

이장 영감과 박 훈장 뒤에 둘러선 마을 사람들의 눈에도 눈물이 글썽 괴어 있었다. 어린애들은 눈앞에 정말 살아 나타난 옛이야기가 그저 신비스럽기만 했다.

"이젠 살았다."

"이제 무슨 좋은 일이 생길 게다."

"용하게 마을을 지켰지. 참, 몇십 년인고?"

그들은 무엇인지는 모르는 대로, 그저 그 어떤 커다란 희망에 가슴이 뿌듯했다.

학은 부지런히 집을 틀기 시작하였다.

유유히 마을 안을 날아 도는 학을 보면 밭에서, 산에서, 우물가에서 어디서든지 마을 사람들은 한참씩 일손을 멈추는 것이었다.

올감자 철이 되자, 학은 먹이를 잡아 물고 오르기 시작하였다. 새끼를 깐 것이다.

이젠 또, 둘만 모여 앉으면 그저 학의 새끼 이야기였다. 학이 새끼를 까면 그 해에는 풍년이 든다는 것이었다. 두 마리면 평년, 한 마리면 흉년.

두 마리라고 하는 사람도 있었다. 아니 분명히 세 마리가 가지런히 둥우리 기슭에 턱을 올려놓고 어미를 기다리고 있는 것을 보았노라는 아낙네도 있었다. 또 밭의 곡식이 된 품으로 미루어 틀림없이 세 마릴 거라고 떠드는 사람도 있었다.

그러면 가만히 듣고 앉았던 노인들은,

"어 그 바쁘기도 하지, 이제 새끼들이 좀더 커서 머리가 밖으로 나오기 전에야 누가 아노. 하느님이 하시는 일을"

하고 웃는 것이었다.

올감자 철이 지나고 참외와 옥수수가 한창일 무렵이었다. 학의 새끼는 이제, 제법 짝짝 둥우리 속에서 소리를 지르기 시작하였다. 그러다가는 어미 학이 긴 주둥이 끝에 먹이를 물고 돌아와 두 날개를 위로 쑥 쳐들며 흠썬 가지에 와 앉으면, 다투어 조그마한 주둥이들을 벌리고 짝짝 목을 길게 둥우리 밖에까지 빼내는 것이었다.

분명히 세 마리였다.

틀림없이 풍년일 거라 했다.

가뭄도 장마도 안 들었다. 논과 밭에는 오곡(五穀)이 무럭무럭 자랐다. 과연 그 해는 대풍이었다. 앞들에서 김매는 사람들이 노래를 부르면, 뒷산에서 나무하는 애놈들이 제법 그 다음을 받아넘겼다. 한창 더위도 그 고비를 넘었다. 이젠 익기를 기다려 거둬들이기만 하면 그만이었다.

그러던 어느 날이었다. 봄에 왜놈들에게 병정으로 끌려나갔던 이장네 손자 덕이와 박 훈장네 손자 바우가, 커다란 왜병의 옷을 그냥 입은 채 마을로 돌아왔다.

"아, 우리 나라가 독립을 했어요, 독립을. 그걸 아직두 모르고 있어요?"

이장 영감과 박 훈장은 각각 손자들의 거센 손을 붙들고, 또 엉엉 울었다. 내 나라를 도로 찾았대서인지, 죽었느니라고 생각했던 손자가 돌아왔대서인지, 그것조차 분간할 수 없는 기쁨이 그저 범벅이 되어 자꾸만 눈물로 흘러내렸다.

학마을은 한껏 즐겁고 풍성하였다. 집집이 낟가리가 높이 솟았다.

앞뒷산에 단풍이 빨갛게 타올랐다. 하늘은 마음껏 높아졌다.

학은 세 마리 새끼들에게 날기를 가르치기 시작하였다. 둥우리 기슭에 나란히 올라선 새끼 학들은 어미에 비하여 그 모양이 몹시 초라하였다. 마을 애들이 웃었다. 그러면 어른들은 곧잘 학의 편이 되어 양반의 새끼는 어려선 미운 법이라 했다.

어미 학이 둥우리 바로 윗가지에 올라서서 뭐라고 길게 한 번 소리를 지르자 세 마리 새끼 학은 일제히 둥우리를 걷어차고 날아갔다. 그러나 처음으로 펴보는 날개는 잘 말을 듣지 않았다. 퍼덕퍼덕 날개는 쳤으나 그건 난다기보다 떨어지는 것이었다. 그들은 이리저리 흩어져 한 마리는 학 나무 밑 마당에, 한 마리는 이장네 지붕 위에, 또 한 마리는 제법 멀리 밭 모서리에 선 뽕나무 위에 가 내렸다.

이렇게 그들은 날마다 나는 연습을 했다. 조금씩 조금씩 그 날아가 앉는 곳이 멀어져갔다. 어제는 우물가에까지 날았었다. 오늘은 저 동구의 물방앗간까지 날았다. 또 오늘은 그 앞 못(池)께까지 날았는데 자칫하면 물에 빠질 뻔했다. 마을 사람들은 마치 자기네 어린애의 재롱을 자랑하듯 하였다.

드디어 그들은 저 들 건너편 낭에 쓱 옆으로 솟아나온 소나무 위에까지 힘들지 않게 날았다. 이젠 모양도 한결 또렷또렷해졌다. 한 달쯤 되자 제법 어미들을 따라 보기좋게 마을 위를 빙빙 날아 돌았다. 어쩌다가 날개를 쭉 펴고 다섯 마리 학이 한 줄로 휘 마을을 싸고 도는 모양은 시원스러웠다.

구월 하순 어느 날 새벽이었다. 학이 여느 날과 달리 요란스레 울었다. 이장 영감은 잠결에 그 소리를 듣고 펄떡 일어났다. 그는 그게 무슨 뜻인지를 잘 알고 있었다. 꽹과리를 쳤다. 마을 사람들은 다들 학 나무 둘레에 모였다.

다섯 마리의 학은 가장 높은 가지 위에 한 줄로 늘어서 있었다. 이제는 그 긴 다리 색이 어미들보다 약간 노란 기운이 도는 것을 표해보지 않고는 어미 학과 새끼 학들을 알아낼 수 없을 만큼 컸다.

해가 떴다.

이윽고 그들은 긴 목을 쓱 빼고 뾰족한 주둥이를 하늘로 곧추올렸다. 맨 큰 학이 날개를 기지개를 켜듯 위로 들어올리며 슬쩍 다리를 구부렸다 하자 삐—르 긴 소리를 지르며 훔씬 가지에서 푸른 하늘로 솟아올랐다. 그러자 다음, 다음, 다음 차례로 뒤를 따랐다. 그들은 멋지게 동그라미를 그으며 마을을 돌았다. 한 바퀴 또 한 바퀴. 점점 높이 올랐다. 이젠 까마득히 하늘에 떴다. 그래도 삐르 삐르 소리만은 똑똑히 들려왔다. 마을 사람들은 꺾어져라 목을 뒤로 젖혔다. 두 손을 펴서 이마에 가져다 햇볕을 가리고 한없이 높고 푸른 가을 하늘을 쳐다보고 있었다. 반짝반짝 다섯 개의 은빛 점이 한 줄로 늘어섰다. 마지막 바퀴를 돌고 난 학들은 그리던 동그라미를 풀며 방향을 앞으로 잡았다. 하나, 둘, 셋, 넷, 다섯. 점이 하나씩 하나씩 남쪽 영마루를 넘어 사라졌다. 마을 사람들은 한참이나 그대로 말없이 그 학들이 사라진 곳을 쏘아보고들 서 있었다.

다음해 봄에도 학이 돌아왔다. 세 마리 새끼를 쳤다. 또 풍년이었다. 또 다음해 봄에도 학은 왔다. 이번엔 두 마리를 쳤다. 평년이었다. 그 해 가을엔 이장네 손자 덕이가 장가를 들었다. 신부는 바로 이웃에 사는 봉네였다. 덕이는 어려서부터 봉네가 좋았다. 그러기에, 옥수수 같은 것을 꺾어 나눠 먹을 때면 으레 큰 쪽을 봉네에게 주곤 하였다. 바우도 같이 봉네를 좋아했다. 주워 온 밤에서 왕밤만을 골라 봉네에게 주곤 하였다.

그런데 웬일인지 철들며부터 봉네는 아주 쌀쌀해졌다. 물동이를 들고 사립문을 나오다가도 덕이를 보면 획 돌아 들어가곤 하였다. 덕이에게만 아니라 바우에게도 그런다는 것이었다. 그들은 참 이상한 애라고 웃었다.

그러던 봉네의 태도가, 그들이 왜놈한테 끌려갔다 다시 마을로 돌아온 뒤에는 또 좀 달랐다. 바우더러는 돌아왔구나 하며 웃더라는데, 덕이한테는 안 그랬다. 여전히 싸늘했다. 물을 길러 가려면 하는 수 없이 이장네 바깥마당 학 나무 밑을 지나야 하는 봉네는 몇 번이나 덕이와 마주쳤다. 그럴 때면 덕이가 미처 무슨 말을 찾기도 전에 푹 고개를 수그리고,

인사는커녕 쳐다도 안 보고 휙 비켜 지나가버리는 것이었다. 덕이는 이런 봉네가 몹시도 섭섭했다.

그렇게 거의 두 해를 지내오던 어느 날이었다. 산에 가 나무를 해 지고 내려오던 덕이는, 마을 뒤 밤나무 숲속에서 봉네를 만났다. 이번엔 덕이편에서 먼저 못 본 체 고개를 수그리고 걸었다. 그런데 그가 바로 봉네 코앞에까지 가도 그네는 꼼짝도 않고 서 있었다. 덕이를 보기만 하면 얼굴을 돌리고 달아나던, 마을 안에서의 봉네와는 달랐다. 덕이는 비로소 눈을 들었다. 그제야 봉네는 한 걸음 옆으로 비켜섰다. 여전히 덕이를 쳐다보고 있는 봉네의 눈에는 스르르 윤기가 돌았다. 덕이는 길가에 나뭇지게를 벗어놓았다.

"어디 가니?"

"……"

봉네는 앞으로 다가서는 덕이의 얼굴만 빤히 건너다볼 뿐, 대답이 없었다. 덕이도 그저 봉네의 까만 눈을 들여다보고 서 있는 수밖에 없었다. 봉네의 눈동자에는 점점 더 윤이 났다. 봉네의 눈동자 속에 푸른 하늘이 부풀어오른다 하는 순간 따르르 눈물이 뺨으로 굴렀다.

"학이……."

옛날 학마을 처녀 탄실이가 하던 그대로의 외마디 말이었다. 봉네는 가만히 고개를 떨어뜨렸다. 무명 적삼이 젖가슴에 찢어질 듯 팽팽하였다. 덕이는 봉네의 머리에서 새그무레한 땀내를 맡았다.

이장 영감은 종일 사랑방 벽에 뒷머리를 대고 앉아 조용히 눈을 감고 있었다. 언제나 무슨 괴로운 일이 있을 때면 하는 그의 버릇이었다.

할아버지에게 봉네 이야기를 하고 제 뜻을 말하는 손자 덕이놈은, 무턱대고 탄실이와 영을 넘던 억쇠 자기보다 훨씬 영리한 놈이라 생각하였다. 그러지 않아도 이장 영감은 봉네의 심정을 덕이보다도 먼저 눈치채고 있었다. 그와 함께 또, 바우의 봉네에 대한 숨은 정도 알고 있는 이장 영감이었다. 그래 덕이가 봉네 이야기를 할 때, 그는 아무런 대꾸도 하지 않고 그저 듣고만 있었다.

될 수만 있다면, 봉네는 딴 마을로 시집을 보내고 싶었다. 덕이, 봉네, 바우. 이장 영감에게는 그들이 다 똑같은 자기의 손자 손녀처럼 생각이 드는 것이었다. 그 셋 중에 누구에게도 쓰라린 상처를 주고 싶지 않았다.

저녁때가 거의 되어서야 이장 영감은 가만히 눈을 떴다. 마음을 작정하였다. 봉네는 그 옛날 탄실이어서는 안 된다고 했다. 또 그로 해서 설사 무슨 변이 있다 해도 덕이의 일생이 또 억쇠 자신의 평생처럼 텅 빈 것이 되어서는 안 된다 했다.

그 가을에 덕이와 봉네의 잔치가 있었다. 그런데 그 잔치 전날 밤, 바우는 마을에서 사라졌다. 그의 홀어머니도, 또 늙은 할아버지 박 훈장도 몰랐다. 그러나 이장 영감만은 짐작하고 있었다. 그는 또, 종일 사랑방 벽에 뒷머리를 대고 앉아 조용히 눈을 감고 있었다.

그 해에도 골짜기의 눈이 녹고 진달래가 피자, 학이 찾아왔다. 예전처럼 부지런히 집을 틀고 새끼를 깠다. 두 마리의 어미 학은 쉴새없이 먹이를 물어올렸다. 그때, 두 마리 새끼가 주둥이를 내둘렀다. 올해에도 평년작은 된다고들, 우선 흉년을 면한 것을 기뻐했다. 그러던 어느 비 내리는 아침이었다. 학 나무 밑에 아주 어린 새끼 한 마리가 떨어져 죽어 있었다.

"허, 그 참 흉한 일이로군."

이장 영감과 박 훈장은 몹시 불길한 예감에 사로잡혔다. 이 같은 일은 적어도 그들이 아는 한에서는 일찍이 없던 일이었다. 참새는 긴 장마철에 미처 먹이를 댈 수 없으면 그 중 약한 제 새끼를 골라 제 주둥이로 물어 내버리는 수가 있다. 그러나 학이 그런 잔혹한 짓을 한 일은 보지 못했었다. 그건 필시 무슨 딴 짐승의 짓이라 했다. 어쨌든 그게 학 자신의 뜻에서였건 또는 딴 짐승의 짓이건간에 이제 이 학마을에는 반드시 무슨 참변이 있을 게라고 다들 말없는 가운데 더욱더 무거운 불안을 느끼고 있었다.

과연 무서운 변이 마을을 흔들고야 말았다. 그 일이 있은 지 한 달도 채 못 되어서였다. 별안간 하늘이 무너지고 산이 온통 갈라지는 것이었다. 마을 사람들은 모두 문을 걸고 집 안에 들어박혔다. 덜덜 떨며 문틈으로 밖의 학 나무를 살폈다. 학도 둥우리 안에 들어앉아 조용하였다.

밤낮 이틀이나 온 세상을 드르릉드르릉 흔들었다. 사흘째 되던 날부터 그 소리가 차츰 남쪽으로 멀어갔다. 마을 사람들은 하나 둘 밖으로 나왔다. 학의 동정부터 보았다. 한 마리는 여전히 둥우리 안에 들어 새끼를 품고 앉았고, 한 마리만이 바로 윗가지에 한 다리를 꼬부리고 나와 있었다.

그날 저녁때였다. 마을에는 또 딴 일이 벌어졌다. 난데없이 누런 옷을 입은 사람들이 북쪽 영을 넘어 마을로 들어왔다. 쉰 명도 더 넘는 그들은 모두 어깨에 총을 메고 있었다. 그들은 이 마을 사람들을 해방시키러 왔노라 했다. 그러나 마을 사람들은 그 해방이란 말의 뜻을 잘 알 수 없었다. 박 훈장마저 알기는 알면서도 어딘지 잘 모를 이야기라 했다. 그렇게 그들이 하루, 마을에 머물고 남쪽으로 나가면 이어서 또 딴 패들이 밀려들어왔다. 그들은 똑같은 이야기를 하고 갔다. 이렇게 몇 차례를 겪고 나서야 마을 사람들은, 그 아무나 보고 동무 동무 하는 그들이 북한 괴뢰군인 것을 알았고, 또 큰 싸움이 벌어진 것도 알았다.

마을 사람들은 이제야 비로소 학이 새끼를 물어 내버린 뜻을 알 것 같았다.

몇 차례나 들르던 그 괴뢰군 패가 좀 뜸했다. 그런 어느 날, 박 훈장네 바우가 소문도 없이 마을로 돌아왔다. 서울서 무슨 공장엘 다니다 왔노라는 바우는, 전에 없던 흠이 오른쪽 이마에서 눈썹까지 죽 굵게 그어져 있었다.

몇 해 밖에 나가 있던 바우는 여간 유식해진 것이 아니었다. 그는 학마을 사람들이 모르는 일을 많이 알고 있었다. 김일성 장군도 알았다. 인민군이란 것도 알고 있었다. 그 밖에도 마을 사람들에게는 물론이려니와 박 훈장도 모를 말을 곧잘 지껄였다. 착취니 반동이니 영웅적이니 붉은 기니 하는 따위 말들은 그가 마을 아낙네들에게까지 함부로 쓰는 동무라는 말과 같이 우리말이니 어찌어찌 알 듯도 하였다. 그러나 그 밖에도 이건 무슨 수작인지 도무지 모를 말도 바우는

아는 모양이었다. 스탈린, 소련, 유엔, 탱크. 그뿐이 아니었
다. 바우는 또, 나가 있는 동안에 매우 훌륭해진 모양이었다.
그는 사날에 한 번씩은 근 사십 리 길이나 되는 면엘 꼭 다녀
왔다. 그러고는 마을 사람들을 모아놓고 싸움 형편을 전했
다. 그때마다 연방 해방이란 말을 썼다.

그러던 어느 날이었다. 누런 군복을 입고 어깨에 총을 멘
사나이 셋이 학마을로 들어왔다. 그러고는 이장을 찾는 것이
아니라 박 동무를 찾았다. 마을 사람들은 박 동무라는 사람
이 없노라고 했다. 그들은 다시 박바우라 했다. 그때야 바우
를 찾는 줄을 알았다. 그리고 또 바우가 그들과 한패라는 것
도 알았다. 그들은 마을 사람들을 학 나무 밑에 모았다. 그리
고 긴 연설을 한바탕 늘어놓고 나서 바우를 앞에 내다세웠
다. 이제부터는 박 동무가 이 부락의 인민위원장이라고 했
다. 인민위원장이란 무엇이냐고 묻는 마을 사람들에게, 그들
은 그게 바로 이 마을의 가장 높은 사람이라고 했다. 모를 일
이었다. 학마을에서는 제일 나이 많은 남자가 이장일을 보아
야만 했고, 또 그 이장이 학마을의 제일 어른이었다. 그러나
다음날부터 바우는 마을의 제일 높은 사람 행세를 정말로 하
기 시작하였던 것이다. 박 훈장이 보다못해 그를 붙들고 나
무랐다. 바우는 낯을 잔뜩 찌푸렸다. 할아버진 아무것도 모
르니 제발 좀 가만히 계시라고 했다. 그러고 보니 박 훈장 생
각에도 영 어찌 되는 셈판인지 알 수가 없는 일이었다.

바우는 더욱 자주 면엘 다녀 나왔다. 그러고는 하루에 두
번씩 마을 사람들을 학 나무 밑에 모았다. 소위 회의를 한다
는 것이었다. 그러나 마을 사람들은 잘 모이지를 않았다. 바

우는 반동이 무언지 반동, 반동 하고 목에 핏대를 세웠다. 그
래도 마을 사람들은 잘 안 모였다. 그것도 그럴 것이 마을 사
람들 사이에는, 학이 전에 없이 새끼를 물어 떨어뜨리자 밀
려들어온 그들은, 어쨌든 이 학마을을 잘 되게 해줄 사람들
이 아닌 것만은 분명하다는 말이 퍼지고 있었기 때문이었다.
이런 사유를 안 바우는 그 길로 면으로 달려갔다. 그러고는
저녁때가 거의 되어, 그는 어깨에 총을 메고 돌아왔다. 그는
곧 또, 마을 사람들을 불러모았다. 몇 사람이 총을 멘 바우를
구경한다고 모였다. 그 자리에서 바우는 또 떠들어댔다. 이
마의 흉터가 더욱 험상스레 움직였다. 사업을 방해하는 자는
누구든지 다 반동이라며 큰 소리를 질렀다. 그리고 반동은
사정없이 숙청해야 한다고 했다. 그런 의미에서 이 마을에서
는 우선 저 학부터 처치해야 한다고 하며 학 나무 꼭대기를
가리켰다. 그는 천천히 돌아섰다. 학 나무 그루에 세워놓았
던 총을 집어들었다. 철커덕 총을 재었다. 총부리를 들어올
렸다.

"바우!"

옆에 섰던 덕이가 바우의 팔을 붙들었다. 바우는 흠이 있
는 오른쪽 눈썹을 쓱 치켜올리며 덕이의 얼굴을 쏘아보았다.

"놔!"

바우는 덕이의 손을 뿌리쳤다. 덕이는 빈 주먹을 꽉 쥐
었다.

학은 두 마리 다 바로 머리 위 가지에 앉아 있었다. 바우는
총을 겨누었다. 마을 사람들은 숨을 딱 멈추었다. 얼굴들이
새파래졌다. 무서운 일이었다. 그러나 누구 하나 감히 바우

의 총 앞으로 나서는 사람은 없었다.

타다탕.

총소리가 사면의 산을 흔들었다. 학은 훌쩍 달아났다. 그러면 그렇지 하는 마을 사람들은 얼른 바우의 얼굴부터 살폈다. 그런데 어찌 된 일일까? 분명히 두 마리 다 훌쩍 위로 떠오르는 것을 보았는데, 픽 하는 소리와 함께 날개를 축 늘어뜨린 한 마리가 땅바닥에 떨어졌다. 마을 사람들은 정신이 아찔하였다. 아무도 말이 없었다.

그때였다. 앓고 누웠던 이장 영감이 총소리를 듣고 비틀비틀 밖으로 나왔다.

"무슨 일이냐?"

다들 그쪽으로 돌아섰다. 여전히 아무도 말이 없었다. 이장 영감은 긴 눈썹 밑에 쑥 들어간 눈으로 한 번 휘 마을 사람들을 둘러보았다. 그러다 그는, 저만큼 땅바닥에 빨래처럼 구겨박힌 학의 주검을 보았다. 이장 영감의 여윈 볼이 씰룩씰룩 움직였다.

"학이! 누가 학을?"

무서운 노여움이 찬 소리였다. 이장 영감은 팔을 허우적거리며 학이 쓰러진 쪽으로 한 걸음 옮겨놓았다. 그러나 다음 또 한 발을 내딛다 말고 푹 그 자리에 까무러치고 말았다.

그날 밤 하늘엔 어스름 달이 떴다. 남은 한 마리의 학은 미쳐 울었다. 끼억끼억 긴 목에서 피를 토하듯 우는 학의 소리에 온몸에 소름이 쪽쪽 섰다. 무엇에 놀라는 것처럼 깍 외마디 소리를 지르며 푸르르 공중으로 솟아오르기도 하였다. 그러고는 밤하늘을 훨훨 날아 마을을 돌며 슬피슬피 우는 것이었다. 다시 학 나무 위에 와 앉아도 보았다. 꼭 거기 아직 같이 있을 것만 같은 모양이었다. 그러고는 달을 향하여 긴 주둥이를 들고 무엇을 고하듯 또 울었다. 마을은 고요하였다. 저주하는 듯 애통한 학의 울음소리만 삐르 삐르 밤하늘에 퍼져나가 맞은편 산에 맞고는 길게 되돌아 울려왔다. 누구 하나 이웃을 나오는 사람도 없었다. 그렇다고 자는 것도 아닌 모양으로 밤이 깊도록 이집 저집에서 기침소리가 들려왔다.

다음날 아침에도 바우는 마을 사람들더러 학 나무 밑으로 모이라고 하였다. 한 사람도 응하는 사람이 없었다. 잔뜩 화가 난 바우는 마을에 다 들리도록 고함을 쳤다.

"반동, 반동."

머리 위에서 푸드덕 학이 놀라 날아갔다.

반동 —— 반동 —— .

메아리가 길게 흔들리며 어젯밤 학의 울음처럼 바우에게로 되돌아왔다. 바우는 학 나무 밑에 서서 한참 덕이네 대문을 흘겨보다 말고,

"흥, 어디 보자"

하고 혼잣말을 뱉고는 영을 넘어 면으로 갔다. 어깨에 가죽끈으로 해 멘 총을 흔들흔들 내저으며.

그날, 바우는 마을로 돌아오지 않았다. 다음날도 그는 안 돌아왔다. 마을 사람들은 이번엔 그가 돌아오지 않는 것이 또 궁금하고 불안했다.

그렇게 바우가 다시 마을에서 사라지고 며칠이 못 되어, 또다시 그 무서운 소리가 들리기 시작했다. 하늘이 무너지고

산들이 갈라지는 소리. 게다가 이번엔 비행기까지 요란스레 떠다녔다. 이제야말로 정말 끝장이 나느니라 했다. 그런데 이번엔 그 소리가 북쪽으로 밀어져갔다. 그러자 이장 영감의 약을 지으러 장터에까지 나갔던 덕이는 새 소식을 알아가지고 돌아왔다. 그 동무, 동무 하던 패들이 우리 군대에게 쫓겨 도로 북으로 달아났다는 것과, 그날 면에 나갔던 바우도 그 길로 그들을 따라 북으로 갔다는 것이었다.

다시 학마을은 조용해졌다.

한 마리만 남은 학은 그래도 애써 새끼를 키웠다. 이장 영감은 사랑 툇마루 양지쪽에 나와앉아 짝잃은 학만 종일 쳐다보고 있었다. 문병을 온 박 훈장은 학을 쳐다보기가 두려운 듯 멍히 맞은편 산만 바라보고 있었다.

"망할 자식 같으니. 어디 가 피를 토하고 자빠졌는지."

혼잣말로 중얼거리는 박 훈장의 말에 이장 영감은 못 들은 체 아무런 대꾸도 없었다.

구월이 되었다. 이제 학의 새끼는 수월히 건너편 낭떠러지에까지 날았다. 그날 아침에도 이장 영감은 일어나는 길로 앞문을 열었다. 학 나무 꼭대기를 쳐다보았다. 학이 보이지 않았다. 그는 이상한 예감에 가슴이 울렁거렸다. 좀더 자세히 둥우리를 살펴보았다. 역시 보이지 않았다. 아침부터 날기 연습을 하는가 했다. 그런데 학은 낮이 기울도록 안 보였다.

"갔구나!"

이장 영감은 긴 한숨을 쉬었다. 노해서 간 학은 앞으로 영영 안 돌아올지도 모른다 하는 생각이 스치고 지나갔다. 그는 방에 들어와 목침을 베고 누웠다. 눈을 감았다. 눈물이 주르르 귀로 흘러내렸다.

한창 농사 때에 석 달 동안을 볶여난 그 해는 농작물이 볼 게 없었다.

그대로 겨울은 닥쳐왔다. 사면의 높은 영은 흰 눈으로 덮였다. 빈 학의 둥우리에도 소복이 흰 눈이 쌓였다.

마을 사람들은 산에 가 나무를 해다 며칠에 한 번씩 장거리로 지고 나갔다. 그들은 그저 어서 봄이 오기만 기다리고 있었다. 그런데 섣달 접어들면서부터 멀리 북녘 하늘에서 때때로 우르릉우르릉 천둥 소리가 들려왔다. 필시 그건 흉조라고들 하였다. 그러던 어느 날, 장거리에 나무를 지고 나갔던 마을 사람 한 사람이 헐레벌떡거리며 이장네 집으로 뛰어들어왔다.

"이장님, 큰일났습니다. 장거리에서는 지금 피난을 간다고 야단들이에요. 오랑캐가, 오랑캐가 새까맣게 밀고 나온다고, 지금……."

"음."

이장 영감은 수염 속에서 입을 한일자로 꼭 다물었다. 한번 머리를 끄덕였다. 그리고 스르르 눈을 감으며 벽에다 뒷머리를 대었다.

"덕이야, 꽹과리를 쳐라."

이윽고 이장 영감은 덕이를 불렀다.

다음날은 흐릿한 하늘에서 솜 같은 눈송이가 펄펄 내리고 있었다. 마을 사람들은 해뜰 무렵에 학 나무 밑으로 모여들었다. 남자들은 지게에 지고, 여자들은 머리에 이고, 어린것들은 싸 업기도 하였고 또 손목을 잡고 걸리기도 했다.

이장 영감은 마을 사람들이 다 모일 만해서 밖으로 나왔다. 토시를 손바닥까지 끌어내려 지팡이를 싸 쥐었다.

"다 모였나?"

"네, 그런데 저 박 훈장님께서는……."

덕이가 어깨에 진 지게를 한 번 추어올리며 대답하였다.

"음."

이장 영감은 잠깐 무엇을 생각하는 듯 고개를 숙였다. 박 훈장이 이장 영감 곁으로 걸어갔다.

"영감!"

박 훈장은 지팡이 꼭대기에 올려놓은 이장 영감의 손등을 두 손으로 꼭 싸 쥐었다. 두 노인 손등에 사뿐사뿐 흰 눈송이가 날아와 앉았다.

"알지. 내 다 알지."

이장 영감은 고개를 수그린 채 중얼중얼하였다.

"그래도 내겐 그놈 하나밖에……. 혹시나 돌아올까해서."

"그럼, 그렇고말고. 내 다 알지."

이장 영감은 그저 고개만 자꾸 주억거렸다. 박 훈장은 이장 영감의 손을 다시 한 번 쓸어보고 한 걸음 뒤로 물러나, 털썩 이장네 마루에 주저앉아버렸다. 으흐흐흐 하는 박 훈장의 울음소리를 듣지 않으려는 듯이, 이장 영감은 마을 사람들에게로 돌아섰다.

"그럼 가자."

이장 영감은 봉네의 부축을 받으며 지팡이를 한 손에 들고 선두에 섰다. 그 뒤를 한 줄로 마을 사람들은 따라 걸었다.

박 훈장은 비틀비틀 학 나무 밑으로 나갔다. 그리고 어린애처럼 으흐흐 으흐흐 울며, 눈발 속에 사라져가는 행렬을 언제까지나 바라보고 서 있었다.

남자들 몇 사람을 제외하고는 생전 처음 마을 밖으로 나가는 그들이었다. 정작 영마루에 올라선 그들은 한참이나 마을 쪽을 향하여 서 있었다. 펄펄 날리는 눈발 속에 앞이 뽀얗다. 마을은 이미 보이지 않았다. 그들은 울며 영을 넘어 내려갔다.

팔십 리를 걸었다. 그리고 겨우 화물차 꼭대기에 기어올랐다. 빈대처럼 달라붙어 갈 수 있는 데까지 갔다. 부산이었다.

부산은 강원도 두메보다 봄이 일렀다. 한겨울을 그 속에서 난 창고 모퉁이에 파릇한 풀싹이 돋아올랐다. 그들은 잊어버렸던 것처럼 새삼스레 마을이 그리웠다. 저녁때 모여 앉으면 그들은 은근히 이장 영감의 얼굴을 살폈다. 이장 영감은 그저 가느스름하게 눈을 감고 묵묵히 앉아 있을 뿐이었다.

그러던 어느 따스한 날, 그들은 떠났다. 행장이 마을을 떠날 때보다 더 초라했다. 그뿐이 아니었다. 사람 수효가 줄었다. 여섯 가구 스물세 사람이던 것이, 지금 조그마한 보따리를 지고 이고 나선 것은 열아홉 사람뿐이다. 봉네의 남동생 하나는 병정으로 뽑혀 나갔고, 어린애 둘은 두부 비지만 먹다 죽었다. 그리고 제일 큰 일은, 덕이 아버지가 부두 노동을 하다 궤짝에 치여 죽은 일이었다.

이번엔 기차를 탈 수도 없었다. 걸었다.

올 때만 해도 봉네가 좀 거들기만 하면 되었던 이장 영감이었으나, 돌아가는 길에는 덕이와 봉네가 양쪽에서 부축을 해야 했다. 첫날엔 오십 리, 다음날엔 사십 리, 삼십 리, 점점 줄어들다가는, 하루씩 어느 마을에고 들어가 쉬었다. 그러고는 또, 이장 영감을 선두로 하고 걸었다. 이장 영감은 점점 쇠약해졌다. 수염이 기운 없이 축 늘어졌다. 푹 꺼진 두 눈만이 애써 앞을 더듬고 있었다.

"아가, 늙은것이 공연히 널 고생을 시키는구나. 허허허."

길가에 앉아 쉴 때면, 혼자 돌아앉아 부어 터진 발가락을 어루만지는 봉네의 등을, 이장 영감은 가엾게 쓸어보는 것이었다. 그러면 봉네는 얼른 신을 신고 아무렇지도 않은 듯 앞으로 돌아앉는 것이었다. 웃어 보이려고 해도 어쩐지 자꾸 눈물이 쏟아져나와 봉네는 끝내 고개를 못 들곤 하였다.

보름째 되던 날이었다. 그들은 드디어 영마루에 섰다.

"야, 우리 마을이다."

애들이 제일 먼저 소리를 질렀다. 모두 바위 위에 아무렇게나 주저앉았다. 멍히 저 아래 마을을 내려다보고 있는 그들의 눈에는 떠나던 날처럼 또 눈물이 징 소리를 내며 괴었다. 아무도 말이 없는 가운데 그저 여기저기서 코를 들이켜는 소리만 들려왔다.

마을은 변해 있었다.

학 나무는 타 새까만 뼈만 앙상하게 서 있었고, 또 이쪽 이장네 집과 봉네네 집터에는 아직 녹지 않은 흰 눈 가운데 깨진 장독이 하나 우뚝하니 서 있을 뿐이었다. 그리고 딴 집들은 다행히 그대로 남아 있었으나 단 두 사람, 남겨두고 갔던 바우 어머니와 박 훈장은 보이지 않았다.

완전히 빈 마을은 눈 속에 잠겨 있었다.

"갔지, 갔어."

"바우 녀석이 와서 데려갔을 테지."

"그러구 가면서 학 나무하고 이장댁에 불을 놓았지, 멀."

마을 사람들은 모여 앉기만 하면 분해하였다. 이장 영감은 박 훈장이 쓰던 서당 글방에 누워 조용히 눈을 감고 있었다. 극도로 쇠약해진 그는 때때로 한숨을 길게 내쉬곤 하였다.

덕이는 이제 농사일이 시작되기 전에 집을 다시 지으리라 생각했다. 그는 괭이를 들고 옛 집터로 갔다. 그날, 덕이는 무너진 벽 밑에서 반 타다 남은 시체를 하나 파내었다. 박 훈장이었다.

이장 영감은 덕이에게서 그 말을 듣고도 놀라지 않았다. 그는 마치 다 알고 있었다는 듯이, 그저 고개를 주억거렸을 뿐이었다. 그래도 눈물이 베개로 굴러 떨어졌다.

그날 밤, 이장 영감도 갑자기 세상을 떠나고 말았다.

덕이의 손을 더듬어 잡은 이장 영감은 여전히 눈을 감은 채 간신히 입을 움직였다.

"학, 학 나무를, 학 나무를……."

이장 영감은 잠들듯이 숨을 거두었다. 흰 수염이 길게 가슴을 내리덮고 있었다.

상여는 둘인데, 상주(喪主)는 덕이 한 사람이었다. 그날, 마을 사람들은 모두 뒷산으로 따라 올라갔다. 피난을 가던 때처럼 이장 영감이 앞서갔다.

저녁때가 거의 다 되어서야 그들은 산을 내려왔다. 이번엔 덕이가 맨 앞에 두 주의 위패를 모시고 걸었고, 그 바로 뒤를 봉네가 흰 보자기로 뿌리를 싼 조그마한 애송 나무를 하나 어린애를 안은 것처럼 안고 따르고 있었다.

피해자(被害者)

1

"일요일(日曜日). 그건 여러 가지 뜻을 가진 날이야요. 휴일(休日), 공일(空日), 안식일(安息日), 주일(主日), 어쩌면 사람의 일생도 꼭 그 일요일과 같은 것인지도 몰라요. 어떤 사람은 일요일을 참 즐거운 휴일로 맞이하기도 하고, 또 어떤 사람은 애인과의 약속이 틀어져서 아무것도 하는 일 없이 공일로 지내기도 하고, 또 어떤 사람은 주일로 고스란히 교회에다 바치기도 하고 ……. 제 일요일은 공일이었어요. 그리고 요한(耀翰) 씨의 일요일은 주일이었어요. 공일과 주일. 그건 하늘과 땅처럼 달라요. 그러나 ……, 그러나 잘 생각해 보면 같은 점이 하나 있어요. 공일도 또 주일도 둘 다 제것이 아니었다는 점, 그 점만은 똑같아요. 제 일요일은 헛되이 우울하게 버려졌어요. 그리고 요한 씨의 일요일은 교회에 바쳐졌어요. 받았던 곳으로 다시 바쳐졌어요. 그래요, 저는 그렇게 생각해요. 그리고 지금은 아무것도 안 가진 저와 요한 씨가 이렇게 마주서 있는 거야요."

이십 년만에 만난 그녀의 말이었다.

양명숙(梁明淑). 그렇게도 사랑하던 명숙이가 술집 마담이 되어 내 앞에 서서 한 말이었다.

그녀는 늙었었다. 그러나 그녀의 그 눈만은 아직도 옛날처럼 맑고 고왔다. 처음 보는 세상에 놀라는 갓난 송아지의 그것처럼 까맣고 윤기 있는 그 순한 두 눈, 어딘가 먼 먼 곳을 바라보던 꿈꾸는 듯한 그 눈.

그녀의 커다란 두 눈에는 마침내 샘물처럼 치렁치렁 눈물이 고이는 것이었다.

나는 아무런 말도 하지 못하였다.

그녀의 말대로 나는 아무것도 가지고 있지 못했다.

열정도 용기도, 또 지성도 신앙도, 아니 하다못해 허위(虛僞)나 악덕(惡德)마저도 내게는 없었다.

완전한 등신이었다.

2

나는 장로(長老)의 외아들로 기독교 가정에 태어났다. 그러니까 태아 때부터 나는 예수를 믿은 셈이다.

첫돌을 맞이하던 날 나는 어머니의 품에 안겨서 잠이 든 채 유아세례(乳兒洗禮)를 받았다고 한다. 글자 그대로 그랬다고 한다. 나는 전연 기억하지 못하는 사실이니까. 아버지가 나의 이름을 최(崔)라는 성 밑에다 성경 속에 나오는 인물의 이름을 빌려다가 요한, 최요한(崔耀翰)이라고 한 것처럼 그것은 아버지와 어머니가 완전히 자기들의 의사에 의하여 그렇게 했을 따름이다.

말하자면 나의 아버지와 어머니는 하나님 앞에서 나를 장차 하나님을 믿는 아들로 키울 것을 맹세하고 나에 대한 신원보증인(身元保證人)이 되기를 서슴지 않았던 것이다.

그만치 그들은 나를 믿었고 또 아들이란 말을 믿었던 것이라고 할 수 있다.

그들은 나를 업고 교회로 나갔다고 한다. 손목을 끌고 교회로 갔다고 한다. 연봇돈과 사탕을 사먹을 돈을 양손에 쥐여주어서 교회로 보냈다고 한다.

과연 그들은 나를, 즉 아들을 교인을 만드는 데 성공하였다. 나는 교회라는 울타리 안에서 한 걸음도 밖으로 나오지 않고 자랐다. 그리하여 지금 드디어 집사(執事)라는 교회의 직분까지 맡았다. 뿐만 아니라 직장마저 교회 계통 학교인 T고등학교였다.

다들 나를 진실한 교인이라고 하였다. 주일마다 교회에 나가고 또 머리를 수그리고 눈을 감아 소위 기도를 하는 도수가 많은 것을 진실한 교인이라고 한다면 나는 과연 진실한 교인이었다.

남들은 한 주일에 두 번 예배를 보지만 나는 학교에서와 교회에서 한 주일에도 수없이 예배를 보니까. 그야말로 생활 전체가 그대로 예배 속에 푹 잠겨 있는 셈이다. 그러니까 나는 최소한으로 쳐도 부지런한 교인이 되는 셈이었다.

그러나 "모든 것은 그저 아버지 하나님의 뜻으로 이루어지는 것입니다" 하고, 인간만사(人間萬事)를 마치 칠판에 쓴 분필 글씨를 지우개로 지우듯이 간단히 해결해버리는 ——
손녀가, 그러니까 나의 딸이 소아마비로 다리를 저는 것까지
도 성경 속의 소경의 이야기를 끌어다대어 하나님의 뜻이니
라 하고 쉽사리 단념해버릴 수 있는 그런 아버지의 믿음을
도저히 따라갈 수가 없는 것이었다.

그런데 어찌 된 셈인지 나는, 그 딸애가 다리를 절게 된 것
은, 결혼을 하고도 아직 옛날의 연인을 못 잊어 늘 마음 한구
석에 접어넣어두는 그런 죄 때문이라고, 나를 원망하는 아내
의 말보다. 아버지의 그 모든 것은 아버지 하나님의 뜻에서
라는 어처구니없는 말이 더 불쾌한 것이었다.

그야 아버지 자신이 어느 양복점 쇼윈도 안엔 남의 이름이
박힌 새 양복을 입고 멍청히 서 있는 마네킹이 되는 것까지
는 내 어쩔 수 없는 노릇이었지만 그렇다고 아들마저 그 옆
에 그렇게 서 있어야 할 아무런 까닭도 나는 발견하지 못하
였기 때문이었다.

그래 아버지의 말대로 나의 딸애가 다리를 절며 애들의 놀
림감이 되고는 뒤뜰에 혼자 쭈그리고 앉아서 개미집을 들여
다보며 소리없이 우는 것이 하나님의 뜻이 있어서라면, 당장
에 두 손바닥과 발등에 굵다란 대못을 땅땅 때려박는 그런
참혹보다 오히려 몇 배나 더한 그 잔인한 짓의 대가로 얻어
지는 하나님의 뜻이란 도대체 무엇인지 나는 알고 싶다.

또 아내의 말대로 그렇게도 악착스러운 벌을 받아야 할 죄
를 내가 지었다면 그 벌은 마땅히 나 혼자 져야 할 것이거늘,
그렇다면 아내는 딸애의 그런 꼴을 보고도 어머니로서 아무
런 고통도 느끼지 않는다는 말인가.

어쨌든 나는 아버지와 아내, 다 같이 진실한 기독교 신자면서 전연 그 질이 다른 두 사람. 좋은 일이나 궂은 일이나 다 하나님의 뜻이라는 아버지와, 또 하나는 좋은 일은 하나님의 은혜이고 궂은 일은 사람의 죄값이라고 생각하는 아내 사이에서, 이것도 저것도 아닌 맹랑한 교인이 되어버렸다.

불행하게도 나는, 아버지처럼 마음이 태평일 수가 없었다. 마치 주인이 사주는 기차표를 손에 들고 이제 서울로 간다니까 그저 좋아서 얌전하게 시골역 대합실에 앉아 있는 식모애처럼, 성경 한 권을 옆구리에 끼고 졸고 앉았기에는 내게는 너무나 대합실 창 밖의 하늘이 맑고 고왔다.

또 나는 다행히도 아내처럼 자학증을 가지고 있지 않았다. 저 태초의 남자인 아담이 죄를 지었대서 그녀는 죄인이라고 했다. 사랑하는 사람을 사랑했대서 죄라고 했다. 미운 사람을 미워했대서 죄라고 했다. 그녀는 그저 죄인이었다. 말하자면 인간으로 태어난 것이 벌써 죄값에 형무소에 던져진 것인 양 그녀는 생각하는 것이었다.

그녀는 목사의 딸이었다. 미인이었다. 나와 결혼을 해서 어린애를 셋이나 낳았으면서도 아직 처녀처럼 예뻤다. 그리고 또 그는 악착스러운 신자였다. 나는 악착스럽다고 한다. 그녀는 성경책을 채찍 대신으로 쓰고 있다.

6·25사변 당시 다들 피난을 가는데 끝내 남았다가 죽은 그녀의 아버지 목사는 교회 앞 뜰의 돌비석이 되었다.

"나는 교회를 지키련다."

그것이 탱크를 끌고 밀려들어오는 공산군의 포소리를 들으며 그녀의 아버지가 한 말이었다.

그리고 그녀의 아버지는 과연 교회를 지켰다. 아니 교인은 한 사람도 없이 다 피난을 간 뒤에 남은 건물을 지켰다. 그녀의 아버지는 결국 벽돌집을 지키다 공산군에게 죽은 것이었다. 그는 창고에서 예배를 본 일이 없어서 그랬던지 교회와 예배당을 미처 분간 못했던 것이었다.

그의 딸이 바로 나의 아내인 것이다. 나의 아내도 꼭 그녀의 아버지와 같은 점이 있었다.

그녀는 매일 새벽, 새벽기도를 드리러 예배당으로 간다.

그 바람에 나는 아침마다 어린애의 우는 소리에 잠이 깨는 것이다.

아직 젖이 떨어지지 않은 셋째 놈은 잠이 깨면 엄마를 찾으며 운다. 그러면 나는 이불을 머리 위에서부터 뒤집어써야 한다. 나는 세상에서 제일 싫은 것이 어린애가 우는 소리다. 그런데 아무리 이불을 뒤집어써도 소용이 없다. 나는 머릿속의 신경을 팽팽하니 당기고 그것을 손톱으로 빡빡 긁는 것 같은 것을 느낀다. 그럴 때마다 나는 참다 참다 못하여 부엌에서 밥을 짓고 있는 식모애에게 애매한 소리를 버럭 지르곤 하는 것이다.

"야, 가서 아주머니 불러와."

그러면 식모애는 아내를 부르러 가는 대신 들어와서 어린 것을 업고 나간다.

"엄마도 참, 오 오 가엾어라."

식모애는 제법 어린것을 달랠 줄 안다. 그러나 그땐 벌써 나의 잠이 완전히 깨었을 때다. 우는 소리로 시작된 나의 하루는 영락없이 불쾌할 수밖에 없다. 그것이 하루나 이틀이 아니다. 아주 날마다 꼭 그렇다.

"여보 그 새벽기도 좀 집에서 올리구려. 애가 우니 어디 잠을 잘 수 있소."

언젠가 나는 아내더러 그렇게 말했다. 아내는 나의 말이 도시 무슨 뜻인지 알아듣지부터 못하겠다는 얼굴이었다. 그녀는 아무 대답도 하지 않은 채 돌아앉고 마는 것이었다.

그것은 분명히 미안하다는 태도가 아니라, 그런 것도 말이라고 하느냐는 태도였다. 나는 더는 말을 하지 않았다.

다음날도 마찬가지였다. 울음소리로 나의 하루는 시작되는 것이었다.

나는 생각하였다. 과연 그녀의 아버지는 예배당을 지키다 공산군에게 죽을 만하다고. 아니 과연 그녀는 벽돌집을 지키다 총에 맞아 죽은 노인의 딸이라고.

어쨌든 그녀는, 기도는 꼭 예배당 마룻바닥에 엎드려서 해야만 되는 것으로 알고 있었다. 그리고 그 횟수가 많으면 많은 그만치 그녀의 심령이 깨끗해지는 것으로 아는 것이었다.

"여보 당신은 뭐 교회를 목욕탕으로 아우."

한번은 그런 말을 아내에게 하였다가 밤새도록 울며 기도를 하는 바람에 꼬박 잠을 못 잔 일도 있었다.

그러기에 이즈음은 아무런 소리도 안 하기로 하였다.

그런 나는 정말 이것도 저것도 아니었다.

아버지처럼 모든 것을 하나님께 밀어맡기고 방금 낮잠을 자다 깨어난 때처럼 허심할 수도 없었고, 그렇다고 아내처럼 마치 머리의 비듬을 털듯이 예배당 마룻바닥에다 쉽사리 마음의 괴로움을 떨어버릴 재주도 못 가지고 있다.

그렇다고 남들처럼 마음놓고 푸른 하늘 밑에 나가 꽃과 새와 더불어 뛰놀만치 대담하지도 못했다.

그것이 어려서부터의 오랜 습관에서인지는 몰라도 나는 주일이면 꼭 교회로 나가야 마음이 놓이는 것이었다.

마치 6·1제 소작료(小作料)를 바치는 것처럼 육 일은 세상을 위하여 일하고 하루는 교회를 위하여 일하는 자신이 속으로 우습기도 하였지만 그래도 어쩔 수 없는 노릇이었다.

어쨌든 나는 오늘까지 사십 평생을 하루도 일요일을 가져본 기억이 없다. 내게는 주일만이 있었다.

3

주일은 도리어 여느 날보다 더 바쁜 날이었다.

아침 일찍부터 유년주일학교(幼年主日學校)다, 중등반(中等班)이다, 그것이 끝나면 대예배(大禮拜), 곧 이어서 제직회(諸職會) 그리고 저녁에는 저녁대로 또 저녁예배.

그야말로 나의 일요일은 주님의 일로 꽉 차 있었다.

그날도 나는 예배당 맨 뒤 걸상에 앉아 있었다.

대예배 때의 집사로서의 나의 일은 모든 교인들이 다들 들어와 자리를 잡고 앉은 다음에 조용히 출입문을 닫고 뒷자리에 앉았다가 예배가 끝나면 다시 문을 열어놓는 것이었다.

언제나 그랬지만 늙은 목사님의 그날 설교는 더욱 지루하였다.

나는 슬며시 왼팔 양복소매를 밀어올리며 고개를 숙여 팔목시계를 들여다보았다.

열두시를 오분 지났다. 꼬박 삼십오분간의 설교였다. 아니 아직도 열심히 뭐라고 이야기를 하고 있으니 얼마를 더 끌지 알 수 없는 일이었다.

나는 한 번 교회 안을 둘러보았다. 가을이라고는 하지만 아직 낮에는 제법 더운 탓인지 고개를 수그리고 있는 교인들 가운데는 졸고 있는 사람이 꽤 많았다.

강단 바로 밑에, 일반 교인들의 걸상과는 달리 벽에 대어서 세로 놓인 걸상에 나란히 걸터앉은 네 사람의 장로들도 무척 지루한 표정들이었다.

맨 앞쪽에 그의 아버지 최 장로가 까만 두루마기 앞자락을 죽 펴서 여미고 마치 나무를 깎아 만든 사람처럼 까딱도 하지 않고 앉아 있었고, 그 옆에 구공탄(九孔炭) 공장 주인인 강 장로가 다갈색 양복에 유난히 굵은 테 안경을 복면처럼 쓰고 앉았고, 그 다음에 시장에서 해산물 장사를 하는 김 장로가 포개고 앉은 한 다리를 뚱뚱한 몸집에 어울리지 않게 아까부터 잠시도 쉬지 않고 한들한들 떨고 있고, 또 그 옆에 그러니까 맨 안쪽에 앉은 의사 박 장로는 언제나 그렇듯이 목이 부러진 것처럼 고개를 푹 수그려 가슴에 턱을 묻고 앉아 있었다. 그런데 그 박 장로가 두 손으로 움켜쥔 성경과 찬송가 책이 슬며시 무릎 위에서 흘러내리려고 하다가 다시 그의 손에 붙들려 제자리로 끌려올라가고 끌려올라가고 하는 것으로 보아서 분명히 그는 졸고 있는 것이었다.

나는 또 한 번 눈을 내리깔아 팔목의 시계를 내려다보았다.

열두시 십분이었다. 시계의 초침은 내가 보고 있는 사이에도 바지런히 돌고만 있었다.

"…… 몸과 마음을 완전히 한데 묶어서 하나님께 바쳐야……!"

쾅 하고 목사가 주먹으로 강대(講臺)를 두드렸다.

나는 깜짝 놀라서 고개를 번쩍 들었다.

나의 바로 옆에 앉아서 아까부터 꾸뻑꾸뻑 졸고 있던 이 집사도 흠칫하였다.

"오 주여!"

이 집사는 잠꼬대처럼 중얼거렸다. 그는 아마 참아도 참아도 자꾸만 졸리는 자기를 저 겟세마네 동산에서의 베드로에 비추어 생각했는지도 모른다.

저 앞에 앉은 박 장로도 놀란 모양이었다. 그는 무릎 위의 성경과 찬송가 책을 챙기며 자세를 고쳐 앉았다.

나는 또 시계를 보았다.

열두시 십분.

청량리서 명동까지 버스로 가면 삼십오분. 십오분 늦는다. 합승으로 가면 이십분 겨우 약속 시간에 댈 수 있다.

열두시 삼십분. 명동 S다방.

그날은 일본서 같이 공부한 옛날 친구들이 일 년에 한 번 모이는 동창회가 있는 날이었다.

시간에 대어 가자면 지금쯤은 떠나야 한다. 점점 초조하여졌다.

왜 하필 주일로 정하였을까 하고 나는 속으로 그들의 택일을 나무라보았다. 그러나 나의 그런 생각은 당치도 않은 것이었다.

그들의 일요일은 휴일이니까.

다들 직장을 가지고 있는 친구들이고 보니까 한 자리에 모이자면 휴일이 제일 적당할 수밖에.

"일요일."

나는 입 속으로 가만히 외어보았다. 그것은 어느 외국말처럼 나에게는 귀에 선 말이었다. 일요일. 나는 그날 하루만이라도 일요일이 내게도 휴일이었으면 하고 생각하였다.

나는 또 시계를 내려다보았다.

열두시 십칠분이었다.

"그러면 다 같이 기도합시다."

겨우 설교가 끝났다.

다들 눈을 감고 엎드렸다. 그런데 그 기도가 또 꽤는 길었다. 그래도 나는 차마 기도를 올리는 동안에만은 시계를 들쳐볼 수가 없었다.

이제도 찬송가를 부르고, 헌금을 걷고 또 찬송가를 부르고 축도를 하고.

예배가 완전히 끝나자면 아직도 십분은 더 걸릴 것이라고 생각하며 나는 눈을 꾹 감고 있었다.

4

예배가 끝나자 나는 제직회가 있다는 말을 못 들은 체하고 빠져나오고 말았다. 성경을 낀 채 그대로 합승 정류장으로 달려갔다.

다방 층계를 올라가며 시계를 들여다보았을 때는 벌써 약속한 시간보다 이십분이나 늦었었다.

나는 다방 문을 밀었다. 요란한 재즈 음악 소리가 매캐한 담배연기를 밀고 마주 나왔다. 나는 한 바퀴 다방 안을 둘러보았다. 걸상마다에 들어앉은 남자 여자의 눈들이 나의 시선과 딱 마주쳤다. 그러나 내가 찾고 있는 일굴은 하나도 보이지 않았다. 나는 갑자기 쑥스러운 생각이 들었다. 나는 쓱 돌아서고 말았다. 레지의 새침한 눈이 나를 쳐다보고 있었다. 아니 나를 쳐다보는 것이 아니라 내 옆구리에 낀, 가장자리에 빨간 칠을 한 성경책을 바라보고 있었다. 나는 옆에 달린 메모판을 살펴보았다.

많다. 거기 지금 마주앉은 사람들의 수효보다 만나지 못하고 간 사람들이 더 많았다.

X회사 K씨. 혜숙씨. ○○부 송 과장. 박형. 김 선생. 박 선생. 마(馬)공. S대학 창원씨. 난씨 또 무슨 형, 무슨 씨.

하트형의 판대기에 쳐진 가는 고무줄에 생선 비늘처럼 꽂힌 비밀의 껍질들.

나는 그 쪽지들을 하나씩 하나씩 눈으로 젖히며 혹시 나의 이름이 있는가 하고 찾았다.

T고등학교 최 목사.

나는 오른쪽 가장자리에 볼품없이 널따랗게 접어 찔러놓은 쪽지를 발견하였다.

최 목사. 그것은 친구들이 나를 부르는 별명이었다. 학교 이름이 T고등학교인 것으로 보아서 그것은 내게 써놓은 것임에 틀림없었다.

　　오래 기다렸소. 그러고 보니 오늘이 바로 목사의 노동일이었
군. 못 오는 것으로 알고 다들 가오. 혹시 들르거든 바로 앞 중
국집으로 오시오.

동창 일동.

나는 곧 중국집으로 갔다.

보이가 인도하는 복도는 음침하였다.

거의 모든 방마다 문 앞에 여자와 남자의 구두가 나란히
놓여 있었다.

"여!"

문을 열자 안에 앉았던 친구들이 일제히 함성을 올렸다.

"어서 들어오게. 그러잖아도 지금 자네가 온다 안 온다하
고 떠들고 있던 참일세."

"여전하군, 최 목사."

"목사, 성경을 끼고 술집에 나타나다. 하하하."

"설마 전도를 하러 온 것은 아니겠지."

요리상을 가운데 놓고 빙 둘러앉은 그들은 벌써 얼근히 취
해들 있었다.

나는 그들이 내미는 손을 하나하나 쥐어보며 그대로 안으
로 들어가 앉았다.

"자 그럼, 우리 목사님의 건강과 행운을 위하여."

언제나 이런 좌석에서는 사회격인 보험회사의 경리과장이
라는 뚱뚱보 R이 자기의 잔을 들어올렸다. 다들 따라서 잔을

들어올렸다.

"늦어서 미안하네."

나는 내 앞에 놓인 보리차 잔을 그들의 술잔과 같이 들어올렸다.

"아니 그게 뭔가. 그건 잔은 잔이로되 잔이 아니노라, 야."

옆에 앉았던 간장공장 S가 시조를 읊듯이 얼른 자기의 잔을 비워가지고 나에게로 내밀었다.

"아니야, 내 어디 술을 할 줄 알아야지."

나는 한 손으로 술잔을 밀어내었다.

"이러지 말어. 알고 모르고가 어디 있어."

S는 기어이 나의 앞에다 잔을 놓고 정종을 가득히 부었다.

나는 그저 그대로 앞에 잔을 놓은 채 앉아서 오래간만에 대하는 얼굴들을 하나하나 둘러보고 있었다.

그러는 사이에도 술잔은 자꾸 왔다갔다하였다.

현재의 이야기보다 학창시절의 이야기에 더 꽃을 피웠다.

어떤 동창회나 다 그렇듯이 그건 그저 그렇게들 모여 앉아서 술을 마시며 다시 옛날 기분으로 돌아가 떠드는 것뿐이었다.

다들 그렇게 어울려 떠드는 가운데 나만이 맑은 정신으로 잘 끼여들지를 못했다. 그저 이 친구 저 친구의 얼굴만 번갈아 바라보았다. 그래도 그렇게 옛친구들이 용케 한 자리에 모여 앉았다는 사실만으로도 충분히 즐거웠다.

"아, 이거 아직도 그대로 보기만 하네. 정 이러긴가."

아까 술을 따라준 S가 술잔을 집어서 나의 입가에까지 들어올렸다.

"가만, 가만 있게."

나는 그의 손에서 잔을 받아 다시 상 위에 내려놓았다.

"하. 이 사람아 주도(酒道)를 통 모르는구만. 어서 마시고 잔을 내게로 돌려야지."

"그러지 말게, 목사더러 술을 마시라면 되나."

보험회사의 R이 빙그레 웃으며 나의 편이 되어주었다.

"목사? 그렇지 최 목사. 그런데 목사는 정말 술을 마시면 안 되나?"

"이 사람아, 목사 술마시는 거 봤나?"

R이 자기의 잔을 비워서 S에게로 건네주며 말했다.

"그런데 말이야 난 보지도 못했지만, 듣자니까 미국서는 목사도 곧잘 술을 마신다던데. 담배도 피우고."

"그야 미국 사람이니까."

R은 S의 손에 쥐어진 잔에 술을 따랐다.

"아니야. 그런 것도 아닌가보던데. 내가 아는 장로 한 사람은 미국 유학을 가서는 술도 마셨대. 그러니까 이게 어째? …… 아 그는 장로니까 그런가."

"에이 나쁜 친구. 장로나 목사나 같은 거야, 그것도 모르나 아직. 하하하."

R이 큰 소리로 웃으며 나를 힐끔 쳐다보았다.

"그래. 그렇다면 이건 문제가 좀 복잡해진다. 한국 장로도 미국 가서 미국 술을 마시면 괜찮다, 그러니까 결국은 그 술이 어디서 만든 것인가가 문제인가보군 그래."

"점점 더하는군."

"말하자면 양주(洋酒)나 양담배는 목사나 장로가 복용하

셔도 죄가 안 되고, 한국산은 이게 원체 품질이 나쁘니까 죄가 되구. 음, 알았어. 그거 참 묘하다. 고 하나님 참 맹랑하구나. 그러니까 하나님은 술맛을 잘 아는 모양이지 하하하."

"아니야. 그런 게 아니야."

나는 그저 그렇게 말해두는 수밖에 없었다.

"아니야? 그럼 뭐야? 문제는 둘 중에 하나지. 하나님이 술맛을 잘 알아서 양주와 막걸리나 배갈을 척척 구별하든가, 그러잖으면 인종차별을 하든가지."

S는 벌써 상당히 취해 있었다. 그가 들고 있는 술잔에서는 술이 줄줄 흐르고 있었다.

"그런 게 아니야."

나는 그저 같은 말을 되풀이하였다.

"아니긴 뭐가 아니야. 다 집어치워. 나도 이래봬도 한때는 예수도 믿었어. 아니야, 지금도 하나님은 믿고 있어. 그렇지 우리 누가 그래 하나님을 안 믿나?"

S는 훅 단숨에 술을 들이켰다.

"그러면 더구나지. 용서하게. 나 술 못 마시는 걸 자네도 알지 않나."

"알지. 아니까 마시라는 거야. 목사, 장로, 집사, 술만 안 마시면 별짓 다해도 천7당에 간다고 생각하는 그 작자들, 교회를 무슨 자기네 고리대금 연락소로 아는 그런 장로들. 난 자네도 그런 축이 될까봐서 그러는 거야. 그래, 깔고 앉아서라도 술을 먹이고 싶단 말이야. 집어치우란 말이야. 하나님을 집어치우라는 거 아니야. 오해 말어. 그 국산(國産) 예수 좀 집어치우란 말이야."

"알았네. 알았어. 예수에 무슨 국산·미제가 있나, 하하하."

나는 그의 무릎을 두드려가며 달래보았다. 그러나 S는 좀처럼 그만두려고 하지 않았다.

"있지. 국산이지, 순국산이지, 하하하."

"자, 이제 그만두게. 어서 술이나 들게."

R이 또 S의 잔에 술을 부었다.

"그럴까 그만할까. 하하. 어때 기분 나쁜가. 응?"

S는 나를 쳐다보며 빙그레 웃었다.

"천만에 자네 말이 하나도 틀린 것이 없어. 다만 ……."

"다만?"

"한 가지 있다면 남의 종교는 인정해야지."

"그야 그렇지. 그러니까 난 자네더러 하나님을 믿지 마라고 한 일은 없어. 그저 우리 이렇게 즐거우니 같이 술이나 한잔하자고 했을 뿐이야."

"아 그거야 좋은 일이지."

"그렇지, 그러니까 한잔하란 말이야."

S는 또 내게로 잔을 내밀었다. 다들 와 하고 웃었다.

"그런데 내가 술을 못 마신단 말이야."

"아니 못 마시는 건가, 안 마시는 건가."

"사실은 그 어느 것도 아니야."

"그 어느 것도 아니라니?"

"아직 한 번도 술을 마셔본 일이 없으니까 못 마시는 건지 마실 수 있는 것인지도 모르고, 또 무슨 내가 기독교를 믿는 대서 그래서 술을 안 마시는 것도 아니고. 하하하."

"그래. 그럼 됐어. 오늘 한번 시험해봐."

"그런데, 아무런 흥미도 안 느낀단 말이야."

"에이 나쁜 사람. 그럼 그만두게. 그러나 술을 안 마신다는 게, 더구나 못 마신다는 게 무슨 자랑이 될 수는 없는 거야. 안 그래?"

S는 좌중을 둘러보았다.

"그렇지, 자랑이 될 수는 없겠지. 술을 마시는 것이 뭐 자랑이 될 수 없는 것처럼. 하하하."

R이 받아 대꾸를 하고 웃었다.

그것으로 이야기는 딴 데로 흘렀다. 각기 현재의 자기 위치를 이야기하였다. 나중에는 식구 타령까지 나왔다. 다들 생활문제로 고생들을 하고 있었다.

"결혼만 하지 않았더라도 좀 나았을 텐데."

"그래 식구는 늘지. 봉급은 그대로지. 물가는 오르지. 결혼한 게 후회막급이야."

"서양 속담에 이런 말이 있는 것 기억하나. 없이 지낼 수도 없고, 또 함께 지낼 수도 없다. 그게 여자야, 하하하하."

다들 한바탕 웃었다.

"자넨 행복하지?"

S가 나에게로 비스듬히 몸을 돌리며 말했다. 그러나 그의 어조는 아까와는 달리 가라앉아 있었다.

"그저 다 그렇고 그런 거지 뭐."

"아니야. 자넨 행복할 것 같애."

"그래?"

"언제나 자넨 조용하거든. 무언가 생활이 가득 차서 조용히 넘치고 있는 것 같은."

"그래? 어쩌면 아무것도 들지 않고 텅 비어서 그런지도 모르지."

"아니야, 모르긴 하지만 자네는 행복할 거야. 적어도 술을 마시지 않고도 꽤 참아갈 수 있을 만치라도."

"아, 그거야 그저 습관이지 무슨 딴 뜻이 있겠나."

"또 술 이야기가 되었군. 그 말은 이젠 그만하기로 했지?"

"상관 있나."

"아 ——, 어쨌든 오늘은 참 즐겁네. 이렇게 다들 만날 수 있으니. 아."

S는 두 팔을 뒤로 돌려 방바닥을 짚고 비스듬히 몸을 젖히며 감개가 큰 듯이 좌중을 한 번 둘러보았다.

어쩐지, 그의 옆 얼굴이 쓸쓸해 보였다.

나는 문득, 아까 그렇게 그가 권하던 술을 한 잔쯤 받았어도 좋을 뻔했다고 생각하고 있었다.

사실 그가 나에게 한사코 술을 권하는 것도 우스운 일이었지만, 또 한 잔쯤 술을 마시기를 그렇게도 굳게 거절한 나 자신의 일도 우스운 것이었다는 생각이 들었다.

내가 그의 술을 그렇게도 끝끝내 거절한 것은 무슨 나의 신앙과 배치된데서가 아니었다. 나 자신 조금도 술을 죄라고 생각해본 일이 없으니까. 그러면 나의 생리가 정말 한 잔 술도 받아들이지 않는다고 생각하였나? 그것도 아니었다. 나는 사실 지금까지 한 번도 술을 마셔본 일이 없었으니까 술에 대한 나의 생리는 전연 미지수였다. 그러면 아까 말한 대로 마시고 싶지 않으니까 안 마셨을 뿐인가. 잘 생각하면 그

것도 있기는 있었지만 내가 정말로 꺼린 것은 기독교의 교리
도 아니요, 또 나의 생리도 아니요, 다만 내 뒤에 있는, 남의
허물을 찾아 두 눈을 반들거리고 있는 가장 독실한 교인들이
었던 것이다.

거기까지 생각하니까 나는 나 자신의 비겁하고 초라한 꼴
이 구역이 나게 싫어졌다.

'집어치워라. 그 국산 예수.'

좀 전에 S가 하던 말이 한 번 귓속에서 울렸다.

"이거 우리만 마시구 떠들어서 안됐구만."

내 이쪽 옆자리에 앉았던 통신사 기자인 K가 나의 손을 무
릎 위에서 한 번 두드렸다.

나는 그저 빙그레 웃어 보였다. 그들은 다시 이야기에 꽃
을 피웠다. 어느 친구가 택시 영업을 하다 망했다느니, 어느
재벌은 칠 년 전까지 과자배달을 했다느니.

그런데 나는 아무리 찾아도 그들과 공통되는 화제를 찾을
수가 없었다.

장로교가 두 파로 갈리고, 그것도 모자라서 총회에서 목사
들이 멱살을 쥐고 차고 박고 싸우고 또 갈라졌다는 이야기
따위는 그들이 나보다 더 잘 알고 있었다. 그러면서 그들은
그것이 애당초 이야깃거리도 되지 않는 것으로 경멸해버린
태도를 보이고 있었다.

나는 무언가 이상한 열등감 같은 것을 느끼고 있었다. 그
러나 세상일에 덜 물들고 그래도 종교 속에서 산다는 것이
왜 열등감을 가져야 하는 것이랴 하고 나 스스로 마음을 끌
어올려보는 것이었다.

그런데 내가 속해 있는 사회, 소위 기독교 사회를 생각하자 나는 술 안 마신 얼굴이 술취한 그들 앞에서 아무도 모르게 확 달아올랐다.

그저 손가락 하나를 들고 내리는 것까지도 그것이 죄냐 아니냐로 따지려드는 사회.

왜 그들은 세상만사를 죄냐 아니냐로만 따지려드는지 알 수 없는 일이었다.

예수님은 분명히 서로 사랑하라고 하셨다. 그러나 그들은 남을 사랑하기에 노력하기보다 남을 해치지나 않을까 두려워할 뿐이고, 선을 행하고자 하기보다는 죄를 범하지나 않을까만 두려워하는 것이다.

모든 일에 소극적이고 이기적인 그들.

아버지 하나님 앞에 안타까이 원(願)할 줄도 모르고, 진심으로 감사(感謝)할 줄은 더구나 모르고, 그저 귀신 딱지 앞에 엎드려 두 손을 삭삭 비는 무당과 흡사한 자세로 항상 죄만 사해달라고 빌고 있는 ——그러면서도 막상 죄가 무엇인지도 모르는.

나는 또 한 번 술취한 그들을 둘러보았다. 다들 나이가 사십줄이면서 꼭 어린애들처럼 떠들고 있었다. 무언가 마음이 푹 놓이는 친구들이었다. 하다 하다 그들은 마침내 왜말로 된 교가까지 합창을 하였다. 모두들 어깨를 끼고 좌우로 흔들고 있었다.

"자, 이제 그럼 이차로 가자."

누군가가 소리를 질렀다.

"그래 그래."

"어디로 갈까."

"거기 가지. 그 평양집."

"좋아. 그 마담 말이지. 멋진 마담."

5

중국집을 나와서 떠들썩하며 걸어서 간 곳은 종로 뒷골목이었다. 문등(門燈)이 환히 밝은 어느 한식집 대문 앞에 섰다.

통신사의 K가 초인종 단추를 눌렀다. 안에서 째롱째롱한 여인의 대답하는 소리가 길게 들렸다.

대문이 삐꺽 하고 열렸다. 짙은 화장을 한 여인이 반쯤 열어 잡은 대문 틈으로 갸름한 얼굴을 내어밀었다.

"아이, 난 또 누구시라고. 어서들 들어오세요."

여인의 빨간 입술이 전등불 밑에서 방싯 웃었다.

"오늘은 아주 귀한 손님을 한 분 모시고 왔지."

"정말 진객이지. 너희들은 아마 일생에 한 번 볼까말까한 손님이다."

와르르 대문 안으로 밀려 들어서며 그들은 또 한바탕 떠들었다.

"누군신데요?"

대문을 다시 닫아걸고 돌아서며 여인이 물었다.

"목사님이야, 목사."

"정말이세요?"

"자 자세히 봐. 어때 목사 같지 않아?"

보험회사의 R이 요한의 어깨에 손을 걸고 가볍게 흔들었다. 그렇지 않아도 어리둥절하던 나는 점점 더 시골뜨기처럼 어물거리기만 하였다.

밖에서 보기에는 그저 흔히 보는 헌집이면서 막상 안에 들어와 보니까 그것은 흡사 무슨 요술쟁이의 집처럼 이리저리 복도가 깔리고 마루가 있고 방이 있고 사통오달이었다.

우리 일동은 아까 그 얼굴 갸름한 여인의 뒤를 따라서 몇 번이나 복도를 돌아 어떤 방으로 들어갔다.

빨간 장판이 유리처럼 반들거리는 온돌방이었다. 그들은 방 한가운데 놓인 교자상을 둘러싸고 앉았다. 상 복판에는 코스모스꽃이 꽃병 하나 가득히 꽂혀 있었다.

다들 양복 윗저고리를 벗었다. 여인은 익숙한 솜씨로 그것들을 받아 걸었다.

남들이 하는 대로 저고리를 벗어 여인에게 맡긴 나는 여기서도 또 성경과 찬송가책을 간수하기에 쩔쩔매었다. 뒤에 놓았다가 옆으로 끌어다 놓았다가 하며 나는 그저 자꾸 거기에만 정신을 썼다.

"이 선생님은 정말 목사님이신가봐. 이리 주세요. 제가 보관했다 드릴게요."

여인이 나에게로 손을 내어밀었다. 매듭이 하나도 없는 가늘고 매끈한 귀여운 손이었다.

"괜찮습니다."

"왜요. 저 같은 것이 만지면 안 되는 거야요?"

"아니요. 그런 게 아니라 ……."

"그럼 이리 주세요."

나는 옆에 놓았던 성경을 집어들었다. 나는 성경을 그 여인에게 건네주려다 말고,

"저 혹시 신문지 있으면 한 장만 주십시오"

하고 다시 무릎 위에 내려놓았다. 성경을 신문지에라도 싸야겠다는 생각이 들어서였다.

"신문지요."

여인은 방 한 모서리에 놓인 조그마한 탁자 위를 살펴보았다.

"이건 안 되겠어요?"

그녀는 파란색 백화점 포장지를 한 장 집어들었다.

"아, 그거 좋습니다."

종이를 받아든 나는 거기에다 책을 쌌다.

"역시 성경을 끼고 술집은 좀 안 된 모양이군 그래."

"그렇지, 벌써 걷어치웠어야지. 하하하."

"아니 그거 뭐 그러지 않으면 어떤가."

둘러앉은 친구들이 나의 그 모양을 보고 제각기 한마디씩 하였다.

"그러고 보니까 선생님은 가짜 목사님이야, 호호호."

종이에 싼 성경책을 받아서 탁자 위에 올려놓으며 나의 등 뒤에서 여인이 웃었다. 나는 공연히 안경을 만지고 이마에 흘러내린 머리카락을 쓸어올렸다.

"예수님은 잠깐 눈을 감고 계시라는 거지 뭘."

쩔쩔매고 있는 나의 꼴이 재미있는 듯 통신사의 K가 벽에 기대어 앉으며 나를 건너다보고 빙그레 웃었다.

"그런 게 아니야."

나는 정말 난처했다.

"그럼 뭐야."

이번에는 젊은 검사(檢事)가 담배에 불을 댕기며 말했다.

"우리 나라에서는 아직 술을 안 마시는 사람만이 크리스천인 줄 알고들 있거든."

"그거야 그렇지. 크리스천들은 술을 안 마시니까."

"그것 봐. 자네부터도 크리스천은 술을 마셔서는 안되는 것으로 알고 있지 않나. 그래서 그러는 거지. 나 때문에 딴 교인들까지 욕을 먹일 수는 없단 말이야."

"아니 누가 딴 교인들 욕을 했나? 그저 자네가 가짜 예수라고 했지. 하하."

"글쎄 그거야 바로. 자네들은 날 잘 아니까 나만 가짜라고 하지만 날 모르는 사람들은 내가 성경을 끼고 술집에서 나가는 것을 보면 정말 내가 무슨 기독교의 대표자이기나 한 것처럼 교인들 전체를 거들어 가짜라고 하거든."

"그러니까 자네는 분명히 가짜라는 것을 자인하는군. 하하하."

"자넨 역시 검사야. 전문가 앞에서는 꼼짝할 수 없군. 사실을 말하자면 뭐 그리 신통한 교인도 못 되지. 그렇지만 술집에 들어왔대서 가짜는 아니야."

"들어오긴 했지만 술을 마시지는 않았으니까, 그런 말이지."

정말 검사가 심문을 하듯 하는 그들의 대화에 다들 와 하고 웃었다.

"하하하. 아니 그렇게 묘한 이야기도 아니야. 술을 마시고 춤을 추었대도 마찬가지지 뭐. 그것이 무슨 중대한 것은 아니야."

"그래? 그럼 됐어. 오늘은 최 목사도 한잔해야 하는 거야."

"목사, 목사 하지 말게. 난 집사야."

나는 술을 마셔야 한다는 Y의 말에는 대답을 하지 않고 딴소리를 하고 빙그레 웃고 말았다.

나는 눈을 상 위로 돌렸다. 코스모스가 조용히 웃고 있었다. 이제 가을도 깊었다. 나는 문득 불국사 뒤뜰의 단풍을 생각하고 있었다. 다음날 새벽에는 고등학교 졸업반 애들을 인솔하고 경주로 수학여행을 떠나게 되어 있었다.

방 안에 번쩍 형광등이 켜지자 곧 이어서 음식이 들어왔다. 아까 얼굴이 갸름한 여인과 또 한 사람 아주 나이가 어려 보이는 여인이 같이 들어왔다.

어린 여인은 맞은편에 R과 Y 사이에 앉았고, 처음의 그 여인은 나와 K 사이에 끼여들었다.

"어. 이건 뭐야. 이렇게 되면 나만 외톨이가 아닌가."

내 오른쪽에 앉았던 S가 어느 희극배우의 흉내를 내며 떠들었다.

"선생님은 자꾸만 주정을 하니까 그렇지 뭐유."

나이 어린 여인이 살짝 눈을 흘겨 보였다. 다들 또 한바탕 웃었다.

"야, 이거 기분 나쁘다. 마담 어디 갔니? 마담 좀 나오라고 해. 마담이 아니고야 내 상대가 돼야지, 하하하."

"홍 선생님이 뭐 사장이유?"

나이 어린 여인이 주전자 주둥이를 멀리 S의 잔으로 가지고 오며 말했다.

"아 요것 봐라. 그래 사장이어야 마담을 배알할 수 있다는 수작이지?"

S는 그저 사람이 좋아 웃음을 띠면서 잔을 내밀었다.

"마담은 지금 ○○○이 왔어요."

내 옆에 앉은 처음의 여인이 엄지손가락을 살짝 들어 보였다.

"알았다 알았어. 마담이구 마님이구 내 무슨 상관이 있나뇨. 하하하."

S는 술잔을 입에다 가져다대고 머리를 뒤로 젖히며 마치 약을 털어넣듯이 훅 마셨다. 그러고는 얼른 그 빈 술잔을 옆의 내게로 돌렸다.

"자, 어? 아니야. 여기야 여기."

S는 무심결에 내 앞으로 내밀었던 잔을, 미안하다는 듯이 내게 머리를 한 번 끄떡해 보이고 다음의 K에게로 건네었다.

"버릇이 돼서 그래."

S는 다시 내게로 얼굴을 돌리며 무안한 듯이 웃어 보였다. 나도 마주 웃었다. 학생 시절부터 사람이 좀 헤식어서 걸핏하면 놀림감이 되곤 하던 그가 어쩐지 갑자기 좋아졌다. 그가 지금 주는 술이라면 한 잔쯤 받아 마시고 싶기까지 하였다. 아니 만일 그가 그대로 권했다면 그것을 거절하는 것도 도리어 큰 죄가 될 것만 같았다. 악의라고는 눈곱만치도 없는 그였다.

"아니야. 그러면 내가 도리어 미안한데. 한 잔 주게."

나는 내 앞에 그대로 빈 채로 놓여 있던 조그마한 유리잔을 집어들었다.

S는 내 얼굴에서 무엇을 찾아보려는 듯 한참이나 멍청하니 바라보고만 있었다.

"난 자넬 놀린 건 아니야."

S는 내가 혹시 자기를 오해하고 역설로 나오는 것이나 아닌가 하고 당황하는 눈치였다.

"놀리긴. 그저 어쩐지 자네가 주는 술이라면 마셔도 좋을 것 같애."

"그래. 그럼 꼭 한 잔만 하게. 취하진 말게."

S는 내 옆에 앉은 여자의 손에서 술주전자를 받아들었다. 조심스레 내 잔에다 반쯤만 따랐다.

나는 술잔을 입가로 가져갔다.

"야, 목사님이 드디어. 됐어, 됐어."

좌중이 나를 보자 와 하고 함성을 올리며 박수를 쳤다. 나는 옆의 S를 돌아보았다. 그런데 다들 떠드는데 S만은 이상스레 진지한 표정을 한 채 나를 바라보고 있었다. 나는 S의 눈에다 웃음을 던져주었다. 그래도 S는 웃지 않았다. 나는 훅 하고 술을 들이마셨다. 후춧가루 냄새 같은 것이 카 하니 코로 뿜어나왔다. 목구멍으로 위 속까지 무엇인가 따끔한 것이 싸악 훑어내렸다. 나는 나의 잔을 소위 주도에 의하여 S에게로 돌렸다. S는 마치 자기가 강제로 독약을 먹인 사람을 바라보듯이 불안한 표정으로 나를 쳐다보면서 잔을 받았다. 나는 처음 마신 독한 술에 입 안과 콧속이 이상하였지만 억지로 웃음을 지어 보였다. 그렇게 억지로라도 웃어 보이지 않으면 안 되리만치 S의 표정이 심각하였던 것이다.

"미안하네 요한!"

참 오래간만에 그의 입에서 들어보는 나의 본명이었다.

"뭐가?"

나는 그의 잔에 술을 따랐다.

"그게 설사 아무것도 아니라 해도 사람이 오래 지켜오던 것을 잃어버린다는 것은 서운한 일인데."

"그런 것도 아니야. 실은 내가 지켜왔다기보다 아무도 건드리는 사람이 없으니까 그대로 남아 있었던 것에 지나지 않지."

"마찬가지 이야기지. 어쨌든 미안해."

"그렇지만 새로 그 어떤 귀한 것을 발견한다는 것은 더 즐거운 일이 아닌가?"

S는 내가 부어준 잔을 앞에 놓고 물끄러미 들여다보고만 있었다.

"그런데 최 목사. 자넨 하나님을 정말 믿을 수 있다고 생각하나."

나와 S가 술자리에서는 어울리지 않게 시무룩하게 이야기를 하는 모양을 본 검사 Y가 반 농조로 말을 던졌다.

"하나님? …… 그야 믿지."

"믿어? 글쎄 난 바로 그것을 묻는 거야. 어떻게 믿느냐구."

"어떻게라니 그저 믿는 거지."

"그저 믿어? 그거야 어디 되겠나. 난 암만해도 석연치 않단 말이야."

"자네 자당(慈堂)께서는 안녕하신가?"

지금까지 나와 Y의 대화를 빙글빙글 웃으며 듣고들 있던 좌중의 시선이 일제히 나에게로 쏠렸다. 이 친구가 도대체 무슨 뚱딴지 같은 수작을 하는 건가 하는 눈들이었다.

"갑자기 우리 어머님은 또 왜. 하하하."

Y검사는 크게 웃었다.

"자네가 그 어머님을 지극한 효성으로 모시듯이……."

"어머니야 내 어머니니까."

"그 어머님을 자네는 믿지."

"그럼 어머님을 안 믿어."

"친어머니라고?"

"친어머니 아니고, 이 친구가 졸지에 날 고아(孤兒)로 만들 셈인가."

"그래? 분명히 고아는 아니란 말이지."

"그야 ……? 하하하. 나를 낳는 것을 본 것은 아니니까, 하하하."

Y의 말에 다들 웃었다.

"자기를 낳는 어머니를 본 사람이 세상에 어딨어요."

나의 바로 맞은편에 나이 어린 여인이 웃음을 거두며 나를 향해 입을 삐죽거렸다.

"그러게 말입니다. 그런데 이상하게도 자기 어머니를 의심하는 사람은 거의 없거든요."

나는 Y 대신 그 여인을 향해 말했다.

"그야 자기 어머닌데요, 뭐."

어린 여자는 또 한 번 입술을 뾰족하니 내밀며 눈으로 웃었다.

"자, 이제 그만. 이거 뭐 기독교 연구회같이 되어버렸어. 술, 술, 술이나 들어."

R이 상 위에서 크게 한 번 손을 내어저었다.

"꼼짝 못하고 졌어, 하하하."

검사가 자기 이마를 툭 쳤다.

"그 참 묘한 말이야. 어머니를 믿듯이. 음 어머니를 믿듯이."

내 옆에서 S가 머리를 크게 주억거리고 있었다.

"자 그런 의미에서 내가 한 잔 붓지."

Y검사가 나에게 자기의 잔을 건네주었다. 나는 그 잔을 또 받지 않을 수 없었다.

"역시 선생님은 목사님이야. 멋진 목사님이야요. 호호호."

내 옆에 앉은 여인이 입을 가리며 웃었다.

그러다보니까, 친구들은 내 잔도 내 잔도 하며 각기 술잔을 나에게 건네주었다. 나는 꽤 여러 잔의 술을 받아마셨다.

거의 열시나 되어서야 우리들은 그 집을 나왔다. 나는 신을 신고 일어설 때 한 번 머리가 핑 도는 것을 느꼈다. 그러나 밖에 나와 신선한 가을 바람을 쏘이자 꼭 목욕을 하고 나섰을 때처럼 낯이 시원하였다.

우리들이 여전히 떠들며 골목길을 빠져나올 때 멀리서 교회의 차임 소리가 들려왔다.

"내 주를 가까이 하려 함은 십자가 짐 같은 고생이나 ……."

나는 속으로 차임 소리에 맞춰 찬송가를 부르고 있었다.
생전 처음으로 주일 저녁예배를 빼어먹었다는 생각이 아까
부터 자꾸만 마음에 걸리는 것이었다. 그렇게 막 큰길로 나
서던 때였다.

"자네 성경책은 어쨌나."

누가 뒤에서 나의 어깨를 툭 쳤다. 나는 멈칫 섰다. 술집에
두고 그냥 잊어버리고 나왔던 것이었다.

"먼저들 가게."

나는 지금 나온 골목길로 돌아 들어갔다.

"최 목사, 술마귀에 지다. 하하하하."

"하하하하."

골목길을 바삐 들어가는 내 등 뒤에서 그들은 크게 웃고
있었다.

나는 아까 그 집 대문의 초인종을 눌렀다. 아까와 같이 여
인의 대답이 길게 들리고 고무신을 끄는 소리가 났다.

"저, 잊어버린 것이 있어서."

대문 안에 들어선 나는 쑥스러운 생각에 공연히 뒤통수를
긁적거렸다.

"네. 아이 참, 제가 책을 안 드렸네."

얼굴이 갸름한 그 여인은 곧 마루로 올라가 복도를 돌아
사라졌다.

나는 거기 마루 앞에 서서 마루방 천장에 걸린 형광등을
멍청히 바라보며 그녀가 돌아오기를 기다리고 있었다. 저 안
의 어느 방에선가 남자들과 여자들의 웃음소리가 뒤섞여 멀
리 들려왔다. 나는 마치 그들이 문틈으로 내 모양을 내다보

며 웃기나 한 것처럼 얼굴이 확 달아올랐다. 나는 슬그머니 뒤로 돌아서고 말았다.

얼마 안 있어 복도를 걸어오는 발소리가 뒤에서 들려왔다. 마루가 삐걱거리는 소리가 차츰 가까워왔다. 이윽고 여인의 발소리가 마루로 나왔다. 나는 마루쪽으로 돌아섰다. 그 순간 나는 숨이 꽉 막혔다. 머릿속에서 팔랑개비 같은 것이 팽그르르 빠른 속도로 도는 것 같았다. 나는 눈을 꼭 감았다. 그리고 생각하였다.

'내가 술에 취하였구나. 이것이 바로 취한 것이구나. 그렇지 않다면 지금 내 눈앞에 명숙이가 서 있을 리가 있는가. 나는 취했구나.'

머릿속 팔랑개비의 속도가 차츰 느려지더니 천천히 돌기를 멈추었다. 나는 가만히 눈을 떴다. 진한 자줏빛 양단 치마에 연한 보라색 저고리를 입은 여인이, 유리곽에 든 인형처럼 마루에 까딱도 않고 선 채 나를 쏘아보고 있었다.

"혹시 최요한씨 아니세요?"

여인의 조용한 목소리였다.

"명숙, 양명숙이죠."

나는 양복 저고리 호주머니에 찌르고 있던 두 손을 빼내며 자기도 모르게 큰 소리로 외치고 말았다.

"역시 최 선생님이셨군요."

그녀는 치맛자락을 끌며 한 걸음 내 앞으로 다가오다 말고 다시 그 자리에 섰다. 두 눈만이 나를 노려보았다.

"어떻게 이런 델 오셨어요."

그녀의 어딘가 비꼬는 듯한 목소리였다.

"오랫동안 찾았습니다."

"저를요?"

그녀는 입가에 야릇한 미소를 띠었다. 형광등의 파란 빛을 받은 그녀의 커다랗고 까만 두 눈이 나의 어깨 위를 스치고 어딘가 먼 곳으로 점점 그 초점을 밀고 나갔다.

나는 그저 유령을 바라보듯 그녀의 모습을 바라보고 서 있었다.

"미안합니다, 오래 기다리게 해서."

아까 그 여인이 백화점 포장지에 싼 책을 들고 마루로 나왔다. 여인은 거기 서 있는 그녀와 나를 한 번 번갈아 쳐다보았다.

"언니 아시는 분이우."

"……."

"오 참, 언니도 예수를 믿었다지, 어려서. 여기 있습니다, 목사님."

여인은 나에게 책을 내주었다.

"미안합니다."

책을 받아든 나는 다시 명숙에게로 돌아섰다.

"목사님?"

그녀는 빤히 나의 얼굴을 마주보며 중얼거렸다.

나는 이제 돌아서야겠다고 생각은 하면서도 그저 그렇게 선 채 머뭇거리고 있었다. 무어라 그녀가 나에게 말을 해주기를 바랐고 또 나도 그녀에게 무슨 말이건 해야 될 것 같아서였다.

그러나 그녀는 말이 없었다. 나도 그녀에게 무슨 말을 해야 좋을지 통 알 수가 없었다.

옆에 선 여인이 이상하다는 듯이 우리들의 표정을 살피고 있었다. 나는 또 한 번 현기증 같은 것을 느꼈다.

"그럼 ……."

나는 그녀에게 목례를 하고 돌아섰다. 여전히 그녀는 말이 없었다. 뿐만 아니라 그녀는 손가락 하나 까딱하지 않았다.

"안녕히 가십시오. 또 오세요."

나는 대문까지 따라나온 그 얼굴이 갸름한 여인의 인사를 등 뒤에 들으며 천천히 골목길을 걸어나왔다. 골목길을 빠져나올 때까지 나는 혹시 발소리가 들리지 않는가 하고 몇 번이나 귀를 기울였는지 모른다.

'명숙이, 명숙이.'

버스를 기다리고 서서도 나는 수없이 그녀의 이름을 외우고 있었다.

'취한 건 아니야. 환상은 아니야.'

버스를 타고도 나는 그저 멍청히 서서 지금 본 그녀의 모습만 눈앞에 그려보고 있었다. 어쩐지 온몸의 기운이 쑥 빠져 흐르는 것 같았다. 왜 아까 나는 마루로 올라가서 그녀를 얼싸안지 못하였는지 모른다고 생각하자 나는 그 자리에 풀썩 주저앉아서 엉엉 울고 싶게 후회스러웠다.

'역시 나는 바보, 병신이다.'

나는 손잡이를 붙들고 있는 팔에다 머리를 가져다대고 눈을 감아버렸다. 바로 내가 선 앞에 앉은 여학생이 빤히 나를 올려다보았다. 옆에 선 중년신사도 나를 힐끔 돌아보았다. 나는 그들에게 취한 사람 취급을 당하고 있는 것이었다. 사실 나는 그때 거의 정신이 없었다. 그러나 취한 것은 아니었다.

버스가 동대문에 머무르자 앞뒷문으로 또 사람들이 많이 올랐다. 나는 떠밀리는 대로 한 걸음 더 안으로 물러섰다. 버스가 부르릉 하고 움직이기 시작하였다. 갑자기 머리가 핑하였다. 버스가 크게 커브를 틀었다. 그러자 나는 왈칵 구역을 느꼈다. 나는 입을 꾹 다물며 눈을 감았다. 왼쪽 겨드랑 밑에 낀 성경이 흘러 떨어지려 했다.

나는 버스가 정류장에 머물렀다 떠날 때마다 구토를 느꼈고, 또 그때마다 자꾸 흘러내리는 성경을 챙기며 겨우 청량리까지 와서 내렸다. 나는 길에 내려서자 또 왈칵 구토를 느꼈다. 나는 손을 입에다 가져다대고 바로 옆에 있는 여관 간판이 달린 골목 안으로 달려들어갔다. 나는 거기에 쭈그리고 앉기가 무섭게 왈칵 토하고 말았다. 술내가 시크무레하니 코를 찔렀다. 역시 마실 줄 모르는 술을 몇 잔 마신 것이 좋지 않았다. 입 안이 떫었다. 나는 일어서서 양복바지 주머니에서 수건을 찾았다. 없었다. 이번엔 성경책을 오른손에 옮겨쥐었다. 왼편 주머니를 뒤져보자는 것이었다. 바로 그때였다.

"여기 있어요."

등 뒤에서 여자의 소리가 났다. 나는 깜짝 놀랐다. 뒤를 돌아보았다. 나는 또 한 번 놀랐다.

"……!"

"선생님."

어스름한 전등빛에 잘 보이지는 않으나 내 앞에 손수건을

내어들고 마주선 것은 분명히 좀 전에 술집 마루에 인형처럼
서 있던 양명숙이었다.

"아니 어떻게 ……?"

그녀는 아무런 대답도 하지 않은 채 수건을 내 손에 가만
히 쥐어주었다.

나는 그녀의 한 걸음 앞을 걸어 거리 모퉁이에 있는 조그
마한 다방으로 들어갔다. 우리는 마주앉은 채 차를 한 잔 다
마시고 날 때까지 그저 때때로 서로의 얼굴을 바라볼 뿐 말
이 없었다.

나는 좀 전에 명숙에게서 받아 입을 닦은 그녀의 손수건을
호주머니에서 꺼내었다. 그녀에게 돌리려다 말고 다시 호주
머니에 넣고 말았다. 분홍색 얇은 수건이 커다랗게 더럽혀져
있었다.

"저는 취해서 환상(幻像)을 보는 것이라 생각했습니다."

"꿈인가 했어요."

다소곳이 고개를 수그린 그녀의 긴 속눈썹이 눈 가장자리
에 엷은 그늘을 짓고 있었다.

"그런데 어떻게 여길 ……."

"제가 큰길까지 달려나왔을 때 선생님은 막 버스에 오르
고 있었어요. 그러자 곧 버스가 떠났어요."

명숙은 거기서 또 말을 끊었다. 나는 반듯한 그녀의 이마
를 바라보고 있었다. 한참이나 그녀는 자기 무릎 위에 시선
을 떨군 채 잠잠히 앉아 있었다.

"똑같은 우연이 또다시 일어나지는 않을 것이라는 생각이
들었어요."

그녀는 고개를 약간 쳐들어 나를 한 번 쳐다보았다. 다시 시선을 떨구었다.

"차를 잡았어요. 동대문에서 버스를 따라잡았어요. 선생님이 계신 것을 저만치 보았어요."

명숙은 또 한 번 눈을 치떠서 나를 쳐다보았다. 나는 무슨 말을 해야 좋을지 몰랐다. 그저 그녀의 팔목에서 한들거리는 팔찌의 가는 금줄만 바라보고 있었다.

"선생님은 기어이 목사님이 되셨군요."

명숙은 자리를 고쳐 앉으며 이번에는 정면으로 나를 바라보았다. 그녀의 빨간 입술에도 엷은 미소가 피어올랐다 곧 사라졌다.

"아니요. 저는 목사가 아닙니다."

나도 그녀의 얼굴을 비로소 정면으로 바라보았다.

"그래요? 그럼 ……?"

"교삽니다."

"교사."

"네, T고등학교의 말석 교삽니다."

그녀는 또 한 번 입가에 미소를 띠었다.

이십 년. 그것은 나와 그녀 사이에 가로놓인 너무나 긴 세월이었다.

나는 그녀에게 묻고 싶은 말이 얼마든지 있었다. 또 하고 싶은 말도 한없이 많았다. 그러면서도 나는 아무런 말도 할 수가 없었다. 그녀도 마찬가지로 말이 없었다.

나와 그녀의 시선이 서로 마주쳤다. 그러자 누가 먼저 일어섰는지도 모르게 우리들은 다방을 나왔다. 나란히 걸었다.

몇 걸음 안 가서 합승 정류장이 있었다.

"서울역 가요. 막차 떠나요. 막차."

모표도 없는 학생모를 잔뜩 젖혀 쓴 합승 차장이 자동차 문을 열어 잡고 서서 큰 소리로 외치고 있었다.

나는 합승차 앞에서 그녀에게로 돌아섰다. 그녀는 고개를 까딱여 보였다.

"내일 또 뵙겠어요."

그녀는 치맛자락을 감싸쥐며 나를 쳐다보았다.

"제가 내일 새벽차로 경주여행을 떠납니다."

"경주로요?"

"네. 애들을 데리고 수학여행을 떠납니다."

"막차 떠나요. 빨리 타세요."

합승 차장이 또 한 번 소리를 질렀다.

"어서 타시죠."

나는 옆으로 한 걸음 물러섰다. 그녀는 한 번 생긋이 웃었다. 차 안으로 올라갔다. 두 사람밖에 손님이 없는 차 안의 맨 뒷자리로 가 자리를 잡고 앉은 그녀는 무슨 할 말이 있는 듯 반쯤 열린 유리창으로 얼굴을 가까이 가져다대었다. 나는 인도에서 아스팔트길로 내려섰다.

"낼 뵙겠어요."

그녀의 그 말이 채 끝나기도 전에 차가 떠났다.

"차 시간이 너무 이릅니다."

나는 구르기 시작한 차를 몇 걸음 따라가며 말했다. 그녀는 내 말을 알아들었는지 못 알아들었는지 뒤창으로 몸을 틀어 돌아다보며 머리를 한 번 까닥하였다.

부채 모양으로 펴서 유리창에 가져다 붙인 그녀의 하얀 손이 꽤 멀리 갈 때까지 보였다.

6

　내문을 벗겨주는 아내는 아무런 말도 없었다. 으레, 어디를 갔다가 저녁예배에 빠졌느냐고쯤 물어야 할 아내가 아무런 말도 하지 않는다는 것은 그만치 아내의 노함이 크다는 것을 말하는 것이었다.
　나는 아내보다 앞서서 방으로 들어갔다. 겨우 양복 저고리만을 벗어 걸고, 나는 베개에서 머리가 떨어진 채 구겨져 자고 있는 어린것들의 머리맡을 조심스레 지나 윗목에 펴놓은 내 자리로 가 누웠다.
　"저녁 어떻게 했어요."
　아내의 말은 지금까지 결혼한 후로 한 번도 써본 일이 없는 말이 되어서 그런지 몹시도 퉁명스러웠다.
　"먹었어."
　나는 양복장이 놓인 윗목으로 돌아누웠다. 피곤이 한번에 온몸을 덮어왔다. 그러면서도 정작 잠은 오지 않았다.
　아랫목에서 아내의 기도소리가 들려왔다. 입 속으로 중얼거리는 아내의 그 기도소리는 조용한 방 안에 똑똑히 들렸다.
　"오 —— 주여. 용서하여주시옵소서. 그는 지금 시험에 빠지고 있나이다 ……."

나는 못 들은 체 눈을 감고 있었다.

아내는 나에게서 술내를 맡았음에 틀림없었다. 평생에 주일을 범한 일도 없었던 내가, 하필이면 주일날 저녁에 술까지 마시고 들어왔다는 것은 아내에게는 무서운 일이었으리라.

기어이 아내는 훌쩍훌쩍 울기 시작하였다.

"오 —— 주여. 그의 심령을 붙들어주시옵소서. 그를 시험하는 마귀를 물리쳐주시옵소서 ……."

나는 무릎을 꿇어 이마를 방바닥에 대고 앉아서 울면서 기도를 올리고 있는 아내를 등 뒤에 번연히 느끼며 모른 체 눈을 감고 있었다. 아내의 기도는 끝이 없었다. 한 말을 또 하고 또 하고 수없이 되풀이하며 아내는 언제까지나 나의 죄를 대신 비는 것이었다.

나는 이불을 머리 위로 끌어올렸다. 아내의 기도소리가 훨씬 멀어졌다. 대신 나의 눈앞에는 멀리 이십여 년 전 일들이 여름하늘의 솜구름처럼 피어오르기 시작하였다.

평양 기림리(箕林里) 밖의 어느 고아원이었다.

개나리꽃이 노랗게 핀 울타리 밑에, 키가 날씬히 큰 열서너 살 난 소년과, 흰 얼굴에 눈이 유난히 까만 열 살쯤 나 보이는 소녀가 나란히 앉아 있었다.

"숙이 너 왜 아까 학교에서 울었니?"

" ……."

"선생님한테 야단맞았니?"

"아니."

"그럼 왜 우니."

"……."

소녀는 머리를 푹 수그리고, 발 옆에 핀 오랑캐꽃을 손끝으로 건드리고 있을 뿐 대답은 하지 않았다.

"숙인 바보야. 왜 말을 못해."

"……."

그래도 소녀는 대답이 없었다.

단발머리를 수그리고 앉은 소녀가 손끝으로 건드릴 때마다 오랑캐꽃은 옆에 핀 민들레와 꼭꼭 입을 맞추는 것이었다.

"그럼 난 들어간다."

소년이 벌떡 일어섰다. 옷에 묻은 먼지를 두어 번 털었다. 소녀는 조용히 고개를 들었다. 소녀의 시선이 운동화를 신은 소년의 발에서부터 점점 위로 훑어 올라왔다. 앉은 채로 얼굴만을 뒤로 젖혀서 옆에 선 소년의 얼굴을 올려다보는 소녀의 두 눈에는 눈물이 가득히 고여 있었다.

"가지 마."

애원하는 듯한 소녀의 소리였다.

"말도 안 하면서 뭐."

소녀는 다시 머리를 수그렸다. 그리고 또 가는 손끝으로 오랑캐꽃을 가만히 민들레꽃에 밀어 비볐다.

소년은 슬며시 그 자리에 다시 앉았다.

"애들이 또 뭐라 그래?"

소년이 소녀의 얼굴을 옆에서 들여다보았다. 소녀는 약간 머리를 까딱거렸다.

"뭐라구."

"……."

"고아라구?"

"……."

소녀는 이번에는 머리를 좌우로 흔들었다.

"그럼?"

"……."

소녀는 대답이 없고, 소년은 마치 언제까지라도 대답이 있을 때까지는 그러고 있겠다는 듯이 소녀의 옆얼굴을 들여다보고 있었다.

그들은 한참이나 그렇게 같은 자세로 앉아 있었다. 노랑나비가 한 마리 그들의 눈앞을 팔랑팔랑 날아 지나갔다. 소녀는 나비의 뒤를 따라서 시선을 저만치 앞에 잔디밭으로 보냈다.

"나보고 요한의 색시라고 놀리는걸."

소녀의 얼굴이 금세 울기라고 할 것처럼 빨개졌다.

"나쁜 새끼들이야."

소년은 앞에 세워 안은 무릎 위에 턱을 올려놓았다. 그의 얼굴도 빨개졌다. 소녀는 조용히 소년에게로 얼굴을 돌렸다. 둘의 눈이 반짝 마주쳤다. 소녀의 조그마한 입이 생긋이 웃었다. 이번에는 소년이 자기의 발끝으로 시선을 모았다.

7

기림리 밖의 최 장로네 고아원 하면 평양서는 제일 큰, 아니 거의 유일한 고아원이었다.

그 고아원이 바로 나의 집이었다. 나의 아버지는 젊은 장로로서 그야말로 갖은 애를 써가며 여러 고아들을 키워 왔다.

'목숨을 위하여 무엇을 먹을까, 무엇을 마실까 염려하지 마라. 천부께서 이 모든 것이 우리에게 있어야 할 줄 아시느니라.'

나는 지금도 그때 아버지의 방 벽에 아버지가 손수 모필로 써 붙였던 성서의 구절을 외우고 있다.

그러나 그때의 아버지의 생활은 그 성서의 말씀과는 동떨어진 것이었다.

그는 그저 항상 많은 어린애들을 먹이고 입히기 위하여 염려하고 또 애를 써야만 하였다. 아버지는 쉬지 않고 일하였다. 또 어떤 때에는 구걸을 하다시피 원조를 구해 다니기도 해야 하였다. 그러나 항상 애들을 먹이고 입히는 것이 부족하였다. 그럴 때면 아버지는 자기 방에 들어가 지친 다리를 꿇고 앉아서 몇 시간씩 기도를 드리는 것이었다.

언젠가는 고아가 한 애 도망을 친 일이 있었다. 그날 따라 비가 내리고 있었다. 아버지는 반 미친 사람처럼 되어서 빗속을 그애를 찾아 헤매었다. 밤늦게야 돌아왔다. 애는 찾지 못하고 아버지 혼자였다. 아버지는 자기 방에 들어가 쓰러졌

다. 엉엉 우는 것이었다. 밤새도록 아버지의 기도소리가 옆
방에서 들려왔다. 고아원 애들도 울었다. 다음날 아침이 되
자 고아원 애들은 걸을 수 없는 어린애들만을 남겨놓고는 다
들 밖으로 나섰다. 잃어버린 애를 찾아오자는 것이었다.

"아버지 저희들이 찾아올게요."

고아원 애들은 나의 아버지를 아버지라고 불렀다.

'아버지 하나님. 저 어린것들을 굽어살피소서. 씨를 뿌리
고 물을 주는 것은 사람이로되 그것을 키우시는 이는 아버지
하나님이라 하신 말씀을 기억합니다.'

도망친 애를 찾아나서는 어린것들의 뒷모습을 바라보고
서 있던 아버지는 몇 번이고 이렇게 중얼거리는 것이었다.

나는 그런 속에서 고아들과 같이 자랐다. 자고 먹고 입는
모든 것이 딴 고아들과 똑같았다. 아니 도시 나는 딴 애들과
나 사이에서 아무런 차이도 발견하거나 느끼지 못하였다.

그만치 철저한 아버지였으며, 따라서 일반 사회의 사람들
이 고아의 아버지라고 받들기에 아무런 부족도 없는 분이 나
의 아버지였다.

그런 고아들 가운데에서도 나는 양명숙과는 더욱 가까웠
다. 나와 명숙은 언제나 함께 다녔다. 명숙은 얼굴도 예쁘지
만 마음씨도 퍽 순한 소녀였다. 나의 아버지와 어머니도 많
은 애들 가운데에서 명숙을 눈에 보이지는 않으나 각별히 사
랑하고 있었다.

초등학교에 다니던 시절에도 열 명도 넘는 애들이 한 집에
서 한 학교를 갔지만 언제나 꼭 나란히 걸어가는 나와 명숙
을 이웃집 아주머니들은 오랫동안 친오누이로만 알았다고

한다.

내가 중학교 삼학년이 되던 해 명숙이도 여학교에 들어갔다. 커갈수록 나와 명숙의 애정은 깊어갔다. 어려서는 정말 오누이만 같던 정이 차츰 커가면서는 오누이가 아닌 오누이의 정으로 야릇하게 변하여 갔다.

나와 명숙은 아침마다 서로 기다렸다 꼭 같이 집을 나서곤 하였다. 그러나 정작 길에 나서면 별로 이야기를 하지 않았다. 그저 그렇게 둘이 같이 걷는다는 사실만으로도 충분히 우리들은 즐거웠다.

중학을 마친 나는 일본으로 유학을 갔다. 멀리 헤어져 있어도 둘의 애정은 멀어지지 않았다. 아니 도리어 일주일에 두 번씩 꼭꼭 오는 명숙의 편지에는 가까이 얼굴을 대하고 있을 때에는 감히 하지도 못하던 이야기로 꼭꼭 차 있었다.

"그렇게 즐겁고 기다리던 아침 저녁의 식사 종소리도 이제 그리 기다려지지 않습니다. 오빠가 앞에 마주앉아 있지 않으니까 ……."

나는 지금도 똑똑히 그때의 명숙의 편지 사연들을 기억하고 있다.

나는 안타깝게 방학을 기다리곤 하였다. 방학이 되어서 집으로 돌아가면 둘의 정은 불처럼 타오르는 것이었다. 교회로 가고 오는 길이었다. 남몰래 서로의 손을 꼭 쥐고 걷는 골목 길은 정말 은혜의 길이었다. 주일이 지나면 우리들은 목마르게 수요일 저녁을 기다렸고 그 수요일이 지나면 또 주일 저녁을 고대하는 것이었다. 그렇게 무엇인가 기다리며 살던 그때의 하루하루는 그저 희망과 즐거움으로 꽉 차 있었다.

명숙이 여학교를 마치고 고아원에서 애들을 돌보게 되던 해 여름방학이었다. 줄기차게 비가 내리던 주일 저녁, 언제나처럼 나와 명숙은 교회 문 밖에서 기다렸다. 같이 교회를 나섰다. 좁은 뒷길로 들어서자 명숙은 자기의 우산을 접었다. 그리고 나의 우산 속으로 들어섰다.

"오빠."

"응."

"오빠, 이제 어떤 여자하고 결혼할라우."

나이 열아홉이면서도 내 앞에서는 언제나 그렇게 소녀인 명숙이었다.

"결혼? 글쎄 어떤 여자가 좋을까. 숙이는 어떤 남자하고 결혼하겠어."

"오빠가 먼저 할 테니까. 오빠가 먼저 말해야지 머."

"내가 먼저 해?"

"그럼 그렇지 뭐."

"그럴까?"

"그렇지 뭐유."

"그야 숙이와 한날 한시에 하게 될지 누가 아나?"

"나와 한날?"

명숙은 걸음을 멈추고 나를 쳐다보았다. 나도 따라 섰다. 우산 위에 쏟아지는 빗소리가 요란하였다. 나는 한 손에 들었던 성경책으로 명숙의 턱을 가만히 받쳐올렸다. 머리를 뒤로 젖힌 명숙의 얼굴에 우산을 새어내려온 비가 안개처럼 뽀얗게 젖어들고 있었다.

명숙은 조용히 눈을 감았다. 나는 그녀의 빨간 입술을 향해 나의 입술을 가져갔다. 나는 그때 가슴으로 느끼던 명숙의 심장의 고동을 잊을 수가 없었다.

다음해 봄이었다. 며칠 안 되는 봄방학이라 나는 그대로 일본에 남아 있었다. 그런데 어느 날 아버지한테서 전보가 왔다. 급히 귀국하라는 것이었다.

나의 혼담이 있었던 것이었다.

"아직은 결혼을 할 생각이 없습니다."

나는 아버지 앞에서 분명히 말하였다. 그런데 다음 주 주일예배가 끝나자 교회 문 앞에서 아버지는 나를 불러세웠다. 그리고 아버지는 어떤 중년 신사에게 인사를 시켰다.

"아 바로 이 사람이 ……."

평양시내의 모 교회의 목사로서 아버지의 사업을 많이 원조하고 있다는 그 신사는 나의 어깨에 한 손을 얹으며 유심히 나를 훑어보는 것이었다.

그러던 그는 문득 생각이 난 듯이

"오 참. 애, 너 이 어른께 인사드려라"

하며, 자기 등 뒤에 숨어 서 있던 여학생을 앞으로 밀어내었다. 머리를 뒤에서 두 갈래로 매어 앞으로 늘어뜨린 그 여학생은 아버지 앞에서 한 번 허리를 굽혀 인사를 하고는, 그대로 고개를 수그린 채 획 돌아서 다시 자기 아버지 등 뒤에 가 숨어버리는 것이었다.

"여학교 졸업반인데도 아직 철이 덜 나서 하하하."

그 목사는 나의 아버지더러 하는 말인지 나를 향해 하는 말인지도 모르게 딸의 변명을 하고 나서 큰 소리로 웃었다.

그날 저녁예배에는 명숙이가 빠졌다. 보모의 말에 의하면 머리가 아파서 자리에 누웠다는 것이었다.

그날 밤 교회에서 돌아오자 아버지는 나를 안방으로 불러들여 나무라는 것이었다.

"내, 네 어머니한테서 다 들었다만 ……."

아무리 애가 똑똑하다 해도 고아를 며느리로 맞아들일 수야 있느냐는 것이었다.

나는 정말 어안이 벙벙하였다. 딴 사람이라면 몰라도 나는 아버지의 입에서 —— 그렇게 고아들을 위하여 헌신적인 아버지의 입에서 그런 말을 들을 줄은 정말 꿈에도 상상할 수 없었던 것이었다. 아니 나는 도리어, 누구 딴 사람이 반대를 하는 경우에도 아버지만은 나와 명숙의 편이 되어주리라고 믿어 의심치 않았던 것이다.

"애야, 그래도 혼사에는 지체란 게 있단다. 애야, 글쎄 명숙이도 나무랄 데 없이 얌전하지, 그래도 어디 그러냐."

나중에는 나의 어머니마저 아버지의 편에 서버리는 것이었다. 나는 끝내 대답을 하지 않았다.

나는 다음날 일본으로 돌아들어갈 차표를 샀다. 하루라도 속히 내가 집에서 떠나버리는 것이 제일 좋은 방법이라고 생각하였다. 아무리 아버지가 고집을 세운대도 당사자의 반대를 무시할 수는 없으리라는 속셈에서였다.

나는 일본으로 떠나기 전에 명숙을 만나서 이야기를 해두고 싶었다. 나는 명숙이 있는 방문을 열었다. 명숙은 이불을 뒤집어쓴 채 아랫목으로 돌아누워 있었다.

"숙이, 나 내일 아침차로 떠나."

나는 문을 열어 잡은 채 서서 말했다. 명숙은 아무런 대꾸도 하지 않았다.

"숙이, 몹시 아퍼?"

그래도 명숙은 아무런 기척이 없었다.

"내일 아침 다섯시 차야."

나는 기차 시간을 알리고 그대로 문을 닫았다.

나는 명숙이 왜 그러는지를 잘 알고 있었다. 그러기에 아침 기차시간에는 꼭 역에까지 나와주리라는 것을 믿고 있었다.

"아마 양 선생님은 못 나오실 거야요."

가방을 들어다주는 애의 말을 들으면서도 나는 꼭 명숙이 역에 나오리라고 끝내 믿고 있었다.

발차 신호벨이 요란스레 길게 울리고 있는 그때까지도 나는 승강대에 서서 개찰구 쪽을 보고 있었다.

기차는 움직이기 시작하였다.

"선생님 안녕히 가세요."

폼에 선 애가 인사를 하였다. 나는 억지로 웃으며 손을 한번 흔들어 보였다. 그리고 또 개찰구 쪽을 살펴보았다. 그러나 끝내 명숙은 나타나지 않았다.

내가 일본으로 가서 나흘째 되던 날이었다.

아버지한테서 편지가 왔다. 내가 있었더라면 더욱 좋을 것이었으나 우선 그 목사님의 딸과 약혼을 했으니 그리 알고 있으라는 내용이었다.

나는 놀라고 또 분개하였다. 그러나 곧 나는 냉정을 되찾을 수 있었다. 나는 그 아버지의 편지를 차근차근히 접어 다시 봉투에 넣을 수 있었다.

"결혼은 내가 하는 것이니까"

하고 마음을 다지며 나는 콧노래를 부르기까지 하였다. 도리어 이렇게 방해가 들어오는 것이 나와 명숙이 사이의 사랑의 강도를 시험하는 데 좋은 자료가 된다고 생각하면, 이제 명숙에게서 과연 어떤 사연의 편지가 올까 하는 것이 궁금하고 즐거운 기대였다.

과연 다음날로 또 한 장의 편지가 왔다. 그런데 그것은 눈에 익지 않은 필적이었다. 보모의 편지였다.

겉봉을 뜯고 편지를 펴는 나의 손은 부르르 떨렸다.

명숙이가 아무도 모르게 집을 나갔다는 것이었다. 그리고 집을 나간 명숙의 책상 위에서 발견한 것이라 하여 조그마한 종이쪽지가 한 장 동봉되어 있었다. 그 종이쪽지에는 가로세로 낙서가 씌어져 있었다.

"아버지. 어머니. 동정(同情). 최요한(崔耀翰). 고아(孤兒). 어머니. 오빠. 사랑. 비 내리던 밤."

나는 곧 집으로 달려나갔다.

나를 보자 보모는 울기만 하였다.

어머니는,

"자기 입던 옷도 한 벌 안 가지고 갔으니. 몹쓸 것 같으니. 어디 가서 고생을 하는지"

하며 애석해하였다.

아버지는 나를 보고도 아무런 말도 하지 않았다. 그러나 저녁에 상을 받고 앉았을 때 혼잣말로,

"이제 그만치 컸으니 ……"

하고 역시 걱정이 되는 모양이었다.

나는 며칠 동안을 그저 미친 사람처럼 평양거리를 이 골목 저 골목 기웃거리며 돌아다녔다. 원래 친척도 아무도 없는 그녀이고 보니 어디 찾아가 볼 만한 곳도 없었다.

끝내 명숙은 찾을 길이 없었다.

나는 다시 학교로 돌아갈 생각도 없었다. 그대로 집에 눌러 있고 말았다. 집에는 명숙의 숨결이 너무나도 많이 남아 있었다. 언제나 정해두고 앉던 식당의 그녀의 자리. 분홍색 커튼이 드리워진 채인 그녀의 방 창문. 어린것들과 손을 맞잡고 유희를 가르치던 뜰, 교회로 가고 오는 골목길.

그것들은 나를 괴롭혔다. 그러면서도 떠날 수 없는 것들이 또 그것들이었다.

나는 그저 하루하루를 그런 것들 속에서 명숙의 그림자를 찾아보는 것으로 지냈다.

아버지는 그런 나를 그저 못 본 체하였다.

"이제 세월이 흐르면."

아버지는 그저 시간이 흐르노라면 모든 것이 다 다시 제자리로 찾아드는 것이라고 믿고 있는 것이었다. 그는 그저 여전히 고아들의 아버지로서, 부지런히 일만 하는 것이었다. 밭에서, 또 돼지우리에서, 헛간에서 아버지는 애들을 데리고 그저 수걱수걱 일에만 정성을 모았다.

그러나 나는 아버지를 도울 생각이 조금도 나지 않았다. 또 아버지도 나더러 일을 도우라고 하지는 않았다.

나는 그렇게 열심히 노력하고 있는 아버지의 심정을 영 이해할 수 없었다.

아버지는 분명히 고아들을 위하여 헌신적인 노력을 아끼

지 않았다. 그 점만은 아무도 부정할 수 없었다. 그러면서도
그는 끝내 자기의 손으로 그렇게 애써서 키운 고아를 며느리
로 맞아들이기를 거절하였던 것이다.

　나는 그런 아버지의 생각을 아무리 해도 이해할 수 없었
다. 고아들을 위하여서는 그렇게도 노력을 아끼지 않는 그가
그 고아들을 사랑하고 있지 않다고 생각할 수는 없었다. 도
대체 저들을 사랑하지 않고서 그렇게도 지극히 그들을 위하
여 애쓸 수 있을까. 그렇다면 명숙을, 아버지와 어머니가 고
아들 가운데에서 가장 아끼고 귀여워하던 그 명숙을 며느리
로는 맞을 수 없다고 아들을 나무라는 아버지의 사고를 어떻
게 해석해야 하는 것일까.

　나는 아버지를 내 마음속에서 위선자로 만들지 않기 위하
여 며칠을 두고 그의 심정을 분석해 보았다.

　그러다 마침내 나는 아버지의 그 모순된 듯하면서도, 자신
으로서는 얼마든지 정당화할 수 있는 어처구니없는 생각을
발견하고 말았다.

　반드시 고아들 —— 그 버릇이 나쁘고, 비틀리고, 게다가
남의 은공도 그리 깊이 느끼려고 하지 않는 그들을 진심으
로 사랑하지 않고도 나의 아버지처럼 열심히 고아들을 위하
여 애쓸 수 있다는 사실을 나는 나의 아버지를 통하여 발견
하였다.

　나의 아버지는, 즉 기독교의 최 장로는 실은 고아들을 사
랑하고 동정한 것이 아니라 그가 믿는 소위 하나님 아버지에
게 충성을 하려고 하였을 뿐이라고.

　다시 말하면 그는 정말 고아들의 불쌍한 정경에 눈물을 참

지 못하여 고아사업을 하는 것이 아니라, 그런 애들을 돌보아주는 것이 그것이 바로 주님의 뜻이라고 생각하기 때문에 괴로움을 참고 그 일을 하고 있는 것이었다.

결과에 있어 똑같을지는 모르나 고아를 위한 고아사업과 하나님을 위한 고아사업은 다르다고 할 수 있을 것이다. 물론 그것은 나의 아버지가 하나님의 말씀을 잘못 이해하였을 뿐이고, 하나님의 말씀 자체가 그릇된 것은 아니다.

어쨌든 아버지는 하나님을 위하여, 하나님께 충성하기 위하여, 주인의 양떼를 지켜 찬이슬 내리는 들에서 밤을 새우는 목자의 역할을 충실히 하였을 따름이고 한 번도 양 자체를 사랑해 보지 못한 목자와 같은 것이었다.

그것은 마치 남들이 나의 아버지를 부르는 말 —— '고아의 아버지'라는 말과 '고아원 최 장로'라는 말이 똑같은 나의 아버지를 두고 하는 말이면서도 그 뜻이 사뭇 다른 것과 같았다.

나는 나의 아버지가 장로이기 전에 아버지이기를 바라는 것처럼 고아원 최 장로보다는 고아의 아버지가 되어주기를 바랐다. 나는 나의 아버지가 만일 고아들을 위하여 도둑질을 하다가 감옥살이를 한대도 나는 아버지를 사랑할 수 있을 것 같았다. 그러나 주인에게 충성하기 위하여서만 밤을 풀밭에서 새우는 목자로서 아버지를 생각하기는 역시 불쾌하였다.

예수님은 사랑을 모든 것 위에 두셨다. 그런데 아버지는 잘못 생각하고 있는 것이었다.

사명감과 사랑.

아버지는 결코 위선자는 아니었다. 그러나 어떤 면에서는 교만한 인간이었는지 모른다. 도시 사명감이라는 것부터가 엄밀히 따지고 보면 자기만이 여러 사람 중에서 주인에게 미덥게 보였다고 믿는 교만에 기인하는 것이다.

어쨌든 나는 명숙이가 집을 나간 것에 대하여서는, 그녀를 그때까지 키워준 공이 아버지에게 있었던 것처럼 그 책임도 아버지에게 있다고 생각하였다.

그러는 사이에도 시간은 거침없이 흘렀다. 그러나 나의 명숙에 대한 사랑만은 좀처럼 식지 않았다. 아니 시간이 흐를수록 도리어 명숙의 위치는 나의 마음 한복판으로 파고들어 반드시 자기의 자리를 차지하고 놓이는 것이었다.

나의 아버지는 가만히 나의 동태를 살피다가는 때때로 어머니를 통하여 결혼식 이야기를 해왔다. 그럴 때마다 나는 몸이 편치 않다는 구실을 내세우곤 하였다.

번번이 그렇게 피하기를 이 년이 지났다. 그래도 나는 언젠가는 꼭 명숙을 만나리라고 하는 막연한 기대를 버릴 수가 없었다.

제정 말기였다. 전쟁에 쫓기는 그 속에서 일반 배급에도 콩깻묵이 나오던 때였다. 그런 시국에 수십 명의 고아를 거느리고 지낸다는 것은 정말 비참하였다. 이제는 그저 그 목사님의 교회에서 걷어주는 약간의 원조만이 그들 어린애들의 생명선이었다.

그 무렵 어느 날이었다. 나는 보모에게서 명숙의 소식을 들었다. 어느 정도 믿을 수 있는 소식인지는 몰라도 명숙이 어떤 부자의 후실이 되어서 낯선 어느 지방에서 살고 있다는 것이었다.

나는 당장이라도 그녀에게로 달려가고 싶었다. 그러나 나는 이미 남의 후실이 되어서 평온하게 살고 있다는 명숙의 주소를 물을 용기가 없었다. 또 보모도 그 이상 더 말하지 않았다.

"예쁘게 생긴 애니까."

밭에서 뽑아온 열무를 다듬으며 말하는 보모의 이야기를 들으며 나는 옛날 명숙이가 저녁때면 곧잘 나와 앉곤 하던 뜰 가운데의 목련화 나무 밑 바위 잔등을 물끄러미 바라보고 있었다.

며칠이 고민 속에서 흘렀다.

어느 날 저녁에 아버지는 나를 안방으로 불러 앉혔다.

"…… 내 체면도 좀 생각해야지. 이미 남의 아내가 되어버렸다는 사람을 언제까지 생각한다는 것은 그것만으로도 죄다. 그리구 넌 저 기운 없이 늘어진 어린애들을 못 보느냐? 목사님의 후원이 아니었던들 벌써 저 애들은 다 죽었을 게다 ……. 모든 것이 다 하나님의 뜻이니라."

이제 거의 기진맥진한 아버지의 반 애원이었다.

나도 지쳤었다. 명숙에 대한 나의 사랑이 깊었던 그만치 나의 실망도 컸다. 나는 아버지의 말대로 모든 것이 그저 하나님의 뜻 가운데에서만 이루어지고 마는 것인지도 모른다고 단념해버리고 말았다. 아니 어쩌면 명숙에 대한 원망의 표시였는지도 모른다. 아니 그보다도 자포자기하였는지도 모른다.

그 해 가을에 나는 그 목사님의 딸과 식을 올리고 말았다.

지극히 평범한 부부였다.

어린애도 셋이나 생겼다.

처음 한 해 동안은 나와 아내의 감정의 갈피에서 가시처럼 따끔거리던 명숙의 일도 이제 거의 사라지고 말았다. 역시 아버지의 말대로 세월이 흐르면 그대로 모든 것이 가라앉아 버리는 것이었는지도 모른다.

그래도 어쩌다 문득 명숙의 생각이 머릿속에 떠오를 때면 나는 빈혈증을 일으킨 때처럼 앞이 아찔하곤 하였다. 그런 때면 나는 눈을 감았다. 그리고 속으로 기도를 올리는 것이었다.

'아버지 하나님, 모든 것은 오직 하나님의 뜻으로 이루어진다고 하셨습니다.'

비록 그것이 일순간이라 할지라도 아내가 있는 나로서 명숙을 생각하고, 만일 내가 그와 결혼을 했더라면 하는, 어떤 후회로운 생각을 한다는 사실은 분명히 아내에게 죄스러운 일임에 틀림없었다.

그러면서도 나는 언제나 인생이 허전한, 무엇인가 잊어버린 것 같은, 그런 생각을 금할 수가 없었다. 이것이 꼭 명숙이로 해서라기보다는 자신도 잘 알 수 없는 공백이라고 하는 것이 옳았다.

어쨌든 그 공백은 공백대로 메워지지 않은 채 근 이십 년이라는 세월이 느리게 느리게 그러나 쉬지 않고 흘러서 나의 옆을 지나갔다.

8

다음날 아침도 나는 날마다 그렇듯이 어린애가 우는 소리
에 잠이 깨었다. 머리가 무거웠다. 나는 여느 날처럼 이불을
뒤집어쓰지 않고 벌떡 일어나 앉았다. 수학여행을 떠나는 기
차시간이 일렀다. 어린애는 여전히 빽빽 소리를 지르며 울어
대었다. 얼굴이 아주 자줏빛이 되어가지고 젖혀진 자라처럼
두 팔과 두 다리를 허우적거리며 악을 써 울어대었다. 나는
또 넛줄이 팽팽히 땡기기 시작하였다. 자칫하면 입을 터져나
오려는 저주를 꾹 다물고 앉아 있었다.

'이것이 바로 지옥이다. 아예 인생이란 그 자체가 지옥인
지 모른다. 그리고 아내는 천당으로 갔다. 예배당으로.'

나는 속으로 부글부글 끓는 거품 같은 것을 꾹꾹 누르며
장 속에서 백을 꺼내었다.

"아주머니 불러올까요?"

내가 여행을 떠날 준비로 백을 챙기고 있노라니까 식모애
가 문을 열었다.

"응? …… 그만둬, 잠깐 다녀올 걸 뭐."

나는 식모애의 그 말이 무척 고마웠다. 아니 부끄럽기도
했다.

나는 아내의 일이 —— 그래도 여행을 떠난다는데 겨우 와
이셔츠 한 벌을 그의 머리맡에 내놓았을 뿐 집에 있지부터
않은 —— 아무리 하나님께 기도를 올리기 위해서라 해도 몹
시 섭섭하였다.

"울지 말고 누나하고 잘 놀아야 한다."

큰애들은 아직 곤히 잠이 들었고, 두 살짜리, 그 매일 아침 악을 쓰며 울어대는 놈만이 식모애의 등에 업혀 대문 밖에까지 나왔다. 나는 어린애의 머리를 가만히 쓰다듬어보았다.

"아빠 안녕 해야지."

식모애는 어린애를 돌아보며 내 앞으로 등을 돌려밀었다.

어린놈은 아직도 울음이 덜 멎어서 간간이 흑흑 느끼면서도, 그래도 빤히 나를 처다보았다.

"집 잘 보거라. 그리구 애기도 울리지 말고."

"네. 안녕히 다녀오십쇼, 아저씨."

나는 길이 꺾이는 곳에서 한 번 뒤를 돌아보았다. 열여덟 살이라는 식모애는 어린애를 업노라고 잔뜩 뒤틀려 올라간 치마 밑으로 드러난 두 다리를 번갈아 디뎌 흔들흔들 애기를 달래며 멍청히 나를 바라보고 있었다.

시간이 이렇게 이른데도 서울역엔 사람이 들끓고 있었다.

나는 애들과 미리 약속한 지점으로 갔다. 벌써 애들이 십여 명 모여 있었다.

"안녕하십니까? 선생님."

"선생님이 역시 젤이야."

"일착입니다. 선생님."

"내가?"

애들은 나를 가운데로 하고 빙 둘러서며 떠들어댔다.

"네. 저희들이 내기를 하고 있었습니다. 어느 선생님이 일착으로 나오시나."

"그런데 역시 저희들 대부분의 예상대로였어요."

"그래? 어째서 내가 제일 먼저 나온다고들 했나."

"선생님은 부지런하거든요."

"내가 부지런해?"

"자식아, 선생님이 뭐가 부지런해."

"그럼 뭐야."

"선생님이 부지런하신 게 아니라 사모님이 부지런하신 거야."

"아 참 그렇다. 하하하."

애들이 일제히 와 웃었다.

나도 따라 웃고 말았다.

처음으로 여행을 떠나는 흥분한 애들은 아무래도 학교에서처럼 그렇게 규율이 서지 않았다. 인솔책임을 진 세 사람의 동료와 나는 무척 애를 써서 겨우 인원을 파악하였다.

우리들은 교감선생 이 장로의 지시에 따라 일반 승객들과는 다른 딴 개찰구로 해서 먼저 플랫폼으로 나갔다.

나는 아까부터 자꾸 주위를 둘러보곤 하였다.

"낼 뵙겠어요"

하던 어제 저녁 명숙의 말이, 학생들이 줄지어 선 맨 끝에서 따라가는 나의 머리를 또 한 번 뒤돌아보게 하였다. 그러나 지금까지 학생들이 모여 섰던 광장은 갑자기 두 배나 세 배가 넓어진 것처럼 휑하니 비었고 연극이 끝난 무대처럼 쓸쓸한데 아침 햇빛에 이제 완전히 빛을 잃은 가로등만이 희미하니 졸고 있었다.

나는 얼른 학생들 쪽으로 얼굴을 돌리고 말았다. 기차 시간도 모르고 있는 명숙을 그래도 행여나 하고 기다리고 있는 나 자신의 생각이 쑥스럽고 어처구니없었다.

플랫폼을 향해 구름다리 층계를 천천히 걸어내려가는 내 눈앞에는

"안녕히 다녀오십쇼, 아저씨"

하던 식모애의 순박한 모습이 떠올랐다. 예배당 마룻바닥에 이마를 대고 꿇어앉은 아내의 모습이 지나갔다. 아직 잠이 든 채로일 명숙의 화장하지 않은 얼굴을 상상해보았다. 그런데 이상하게도 내가 상상하는 명숙은 어제 저녁의 그 명숙이 가 아니라 옛날 평양의 명숙이었다.

학생들이 거의 다 지정된 객차 안으로 올라갔을 때였다. 일반객의 개찰이 시작된 모양으로 쿠덩쿠덩 구름다리를 사람들이 뛰어내려오는 소리가 났다.

나는 우리의 객차로 올라가다 말고 한 번 구름다리 쪽을 바라보았다. 막았던 둑을 터놓았을 때의 물처럼 사람들이 와르르 밀려내려오고들 있었다. 가지각색 복장의 남녀 노소들. 어떤 청년의 파나마 모자가 뛰어내려오는 바람에 뒤로 날아갔다. 그는 그 모자를 잡노라고 밀고 내려오는 사람들 짬에서 애를 썼다. 나는 피시시 웃고 말았다. 그러나 내가 웃는 것은 반드시 그 모자를 집노라고 허둥대는 청년 때문만은 아니었다. 승강대에 서서, 그 많은 사람들 틈에서 은근히 명숙의 모습을 찾고 있는 나 자신이 우스웠던 것이다.

기차가 떠나자 다들 제각기 자기 좌석에들 일단 안정하였다.

선생들은 입구에서 가까운 좌석에 교감을 중심으로 하고 네 사람이 마주앉아 있었다.

중앙선인 기차가 용산역을 지나 청량리 쪽으로 하여 훨씬 시골로 나왔다.

나는 달리는 기차 창으로 오래간만에 대하는 시골풍경을 바라보고 있었다.

"여행이란 참 좋은 거야."

앞에 앉은 교감이 중얼거리며 몸을 반쯤 일으켜 뒤에 앉은 학생들을 살펴보았다.

애들은 다들 창문에 달라붙어 있었다. 기차가 시원한 물줄기를 따라 달릴 때면 애들이 와 함성을 올렸다. 그러면 반대편에 앉았던 애들까지 와르르 이쪽으로 몰려왔다. 그러다가 또 누가 저쪽 벼랑의 단풍을 보고 소리를 지르면 이번에는 또 와르르 그쪽으로들 몰렸다.

몇 시간이나 그렇게 왔다갔다하던 애들도 이제는 심상해졌는지 노래를 부르기 시작하였다.

"아 참. 아침에 집사람이 싸준 사과가 있지."

교감이 구두를 벗고 걸상에 올라서서 시렁 위에서 보자기를 내렸다.

그 속에서 별의별 것이 다 나왔다. 사과, 사이다, 캐러멜, 비스킷, 심지어 휴지까지 들어 있었다.

"꼭 초등학교 어린애의 소풍 보따리 같습니다."

옆에 앉았던 수학 교사가 웃었다.

"그러게 말이오. 뭘 끙끙 싸더니 이거 어디 어린애 같아서, 하하하."

교감은 정말 어린애처럼 웃었다.

나는 그가 집어주는 사과를 깎아들고 한 입 물다 말고 갑자기 또 명숙의 생각을 하였다.

"안녕히 다녀오십쇼, 아저씨."

식모애의 소리가 들렸다. 예배당 마룻바닥에 엎드린 아내의 모습이 보였다.

"낼 뵙겠어요."

명숙의 얼굴이 웃었다.

갑자기 어떤 외로움이 꽉 가슴에 찼다. 그것은 내가 집을 떠날 때 아내가 없었다는 사실보다도, 딱히 약속을 한 것도 아니었고 또 그러리라고 꼭 믿고 있었던 것도 아니면서 명숙이 역에 나타나지 않았다는 데서 오는 마음의 그늘이었다.

무슨 게임을 하는지 저만치 모여 앉은 애들이 떠들썩 웃었다.

나는 그 학생애들이 부러웠다. 다시 한 번 쟤들 같은 학창 시절로 돌아갈 수만 있다면 정말 하루의 공백도 만들지 않고 청춘을 꽉 채워 살겠다고 생각하였다.

나는 인생을 연극이라고 한 사람이 누구였는가 하고 생각하였다. 인생은 결코 연극이 아니었다. 그렇게 지루하고 권태로워도 중간에서 그만둘 수 없는 것이 인생이기 때문에, 또 그렇게 안타까이 후회를 하여도 다시 할 수 없는 것이 인생이기 때문에.

나는 또 한 번 뼈저리게 공허를 느꼈다. 텅 빈 나의 지난날들. 자고 깨고 자고 깨고 그저 단조로운 짓을 용케도 사십 년간이나 계속해 왔다고 나는 생각하였다.

회색 청춘, 아니 완전히 블랭크 그대로인 청춘, 다시는 채울 수 없는 그 블랭크.

나의 아버지의 말에 의하면 사람이란 일생을 오직 하나님만을 위하여 살아야 한다고 한다. 사실 또 나의 아버지는 그렇게 살려고 노력하였고, 또 그는 자신이 그렇게 살아왔다고 자부도 하는 것이었다.

그러나 나는 그렇지도 못하였다.

나는 지금까지 단 한 번도 나의 아버지처럼, 사람은 오직 하나님만을 위하여 살아야 하는 것이라고 생각한 일도 없었고 또 그렇게 생각하려고 노력도 해본 일이 없었다.

아니 그와는 반대로 하나님은 우리에게 귀한 생명을 주셨다. 그러니까 나는 봄동산에 내놓은 어린애처럼 마음대로 새와 꽃과 어울려 놀 수 있어야 하고, 또 하나님도 그러기를 원하실 것이라고 생각해 왔다. 또 그러니까 저녁에 해가 지기 시작하면 나는 아버지 집으로 달려 돌아가야 하는 것이라고 생각하는 것이었다.

아버지 하나님. 그것은 정말 글자 그대로 아버지 하나님으로 내가 떼를 쓰고 울며 조를 수는 있어도, 항상 무서워서 비실비실 피하거나 또는 그 앞에 꿇어앉아서 얌전하게 고개를 수그리고 말 한 마디 할 수 없는 그런 하나님 아버지는 아니라고 나는 생각하고 있었다.

그러기에 나는 괴로울 때면 하나님에게 떼를 쓰고 애원은 하여도 즐겁고 좋을 때에 하나님에게 감사하는 것은 곧잘 잊어버리는, 아니 그거야 아버지가 으레 주시는 것이거니 마치 당연한 것으로 여겨 그대로 넘겨버리는 심히 무례하고 비위좋고 염치없는 신자였다.

그래도 나는 일찍이 그런 나의 태도가 아버지 하나님에게 죄라고는 생각해본 일이 없었다. 그것이 철없는 자식이기는 할망정 왜 아버지에게 죄지은 자식이 되겠느냐는 것이었다.

나는 도시 아버지 하나님에게 죄를 지을 수라도 있을 만치나 자신을 아버지 하나님 앞에 크게 내세울 수조차 없다고 생각하였다.

심장이, 나의 가슴 왼쪽에서 지금도 요렇게 팔랑거리는 심장이, 요것이 사십 년간을, 1만 4600일간을, 35만 400시간을, 2102만 4000분간을 그야말로 춘하추동, 밤낮, 맑으나 흐리나를 가리지 않고 그렇게도 잠시도 쉬지 않고 뛰었고, 또 뛰고 있다는 사실에 매초(秒) 감사하자면 우리는 도시 그 밖에 또 무엇을 할 수 있을 것인가.

그래도 나는 심장이 뛰고 있다는 이 사실에는 감사하고 있다.

내일 아침도 또 동녘에서 해가 떠오른다는 사실을 아무도 우리에게 보증한 사람이 없건만 우리는 그것을 의심하고 오늘 저녁에라도 지구가 돌다가 찌겅 하고 마지막 회전을 멈추지나 않을까 하고 걱정하는 사람은 하나도 없다.

우리는 누구나 다 믿고 있는 것이다. 너무나 큰 믿음이기 때문에 우리들이 그 소리가 너무 커서 지구의 도는 소리를 못 듣는다는 것과 같이 그 믿고 있는 대상도 또 사실도 의식 표하지 못하고 있는 것에 지나지 않는다.

그러고 보면, 새삼스레 나는 하나님을 믿노라고 까부는 것은 도리어 하나님을 믿고 있지 않다는 말과 통할 수 있는 것인지도 모른다. 또 새삼스레 감사하다고 떠드는 것은 실은 아직 자기 가슴의 고동소리를 깊이 들어보지 못하였다는 수

작밖에 안 된다.

그러기에 나는 생각하였다. 인간이란 나의 아버지가 생각하듯이 하나님 아버지의 종으로 태어난 것도 또 나의 아내가 생각하는 것처럼 영원히 아담과 이브의 원죄를 면할 수 없는 그런 지옥 같은 죄 속에 던져진 죄인도 아니고 실은 무한히 너그럽고 크신 은총으로 주어진 것이라고.

우리의 일생은 아버지께서 주신 축복의 선물이라고.

우리는 아버지 하나님에게 빚진 자가 아니라 아버지 하나님께 상받은 자라고. 그것은 결코 교만은 아니라고 나는 생각하였다. 그러나 나는 이 아버지가 나에게 주신 즐거워야 할 청춘을, 저 한껏 아름다웠어야 할 청춘을, 성경에 있는 불충한 종이 주인이 맡기고 간 돈을 실수할까 두려워한 나머지 아무 사업도 하지 않고 그대로 땅속에 묻어두었다 도로 돌리듯이 혹시나 더럽힐까, 또 혹시나 죄지을까 하는 마음에서 예배당에 맡겨둔 채 아무것도 못하고 지낸 것이었다. 이제 만일 내가 하나님께 받았던 청춘을 아무런 보람도 더함이 없이 그대로 그에게 돌릴 때 과연 하나님 아버지는 나를 두고

"이 어리석은 자식아"

하고 웃지 않으리라고 누가 단언할 수 있을까.

그러나 나의 이런 생각과는 아주 딴판이었다. 나는 지금까지 사십 평생을 교회라는 가시철망 속에서 살아왔다. 어려서 아버지가 나의 구두 속에 넣어준 돌 때문에 나는 어디를 가나 항상 절름거리며 살아왔다. 분명히 나는 사십 년간을 살아왔다. 그러나 또 잘 생각해 보면 단 하루도 살지 못하였다. 한 번도 나는 나의 생각대로 살아본 기억이 없다.

나의 아버지는 나의 이름을 그의 뜻대로 요한이라 지어준 것처럼, 나의 모든 생활을 성경이라는 설계도에 의하여 그의 뜻대로 진행시켜왔던 것이었다.

내가 그것을 깨달았을 때는 벌써 모든 사람에게 내가 최요한으로만 통하게 되어버렸다.

나는 이미 소금물 속에 들어간 김장 배추처럼 무엇엔가 숨이 죽어 있었다.

어쨌든 나는 어제 저녁에 명숙을 다시 만난 뒤로 더욱더 나의 생활이 무언가 채워지지 않은 채 텅 빈 것이었다는 것을 느꼈다.

아내에 대한 감정만 해도 그랬다. 토요일 저녁이면, 소위 주일을 위해 준비하는 날이라 하여 잠자리부터 나와는 멀리 끌어다 깔고 자는, 부부의 성생활마저 무슨 추잡한 인간의 죄로 생각하는 아내가 불만이기는 하면서도, 불평은 일찍이 해본 일이 없는 나였으나, 점심때가 되어서 다들 자기집에서 꾸려가지고 온 점심밥들을 펴며 기찻간 안이 웅성거릴 때, 별로 식욕도 없으면서 동료들이 민망해할까 염려하는 생각에서 창 밖으로 도시락을 사야 하였던 나는 정말 아내가 원망스러웠다.

아내는, 그녀의 생각에는 훌륭히 순교하였다고 생각되는 아버지 목사의 딸로서는 충분하였을지 모르나 한 남자의 아내로서는 지극히 등한하였고, 또 자식에게는 무책임하였다고 말할 수 있었다.

아내란 것은 좀더 따스하고 사랑스러운 인생의 길동무가 아니겠는가. 차라리 아침에 부부싸움이라도 하고 점심을 못

준비하고 왔다면 그 편이 도리어 마음 편할 것 같았다.

나는 그저 종일 창 밖을 내다보며 여러 가지 생각을 하였다. 그러나 그 생각의 대부분이 과거의 일들뿐이고, 한 걸음도 앞으로 나아가지는 못하는 것이 답답하였다. 나는 역시 구두 속에 든 돌 때문에 절름거리고 있었다.

9

우리 일행이 경주에 닿은 것은 어두워진 뒤였다. 곧 미리 연락을 해두었던 여관으로 들어갔다. 여관은 방마다 수학여행을 온 학생들로 꽉 차 있었다.

겨우 낯을 씻고 막 방으로 들어가려는 때였다. 우리들이 들어 있는 여관집 사환애가 학생애를 붙들고 최요한 선생이 누구냐고 묻고 있었다. 손님이 찾아왔다는 것이었다. 나는 사환애 뒤를 따라 여관 사무실로 나갔다.

경주에서 나를 찾아올 만한 사람은 아무도 없었다. 나는 혹시 옛날 친구로서 어느 학교의 교사로 있는 사람이 우연히 같은 때에 경주 여행을 왔다가 학교 학생을 통해 알고 찾아온 것이 아닌가 하고 생각하며 우선 사무실 안을 둘러보았다. 그럴 듯한 사람은 보이지 않았다. 나는 뚱뚱한 여관 주인에게 물었다.

"네, 바로 이 사람인데요. 요 앞의 여관에서 왔군요."

여관집 주인은 거기 사무실 문 밖에 서 있는 소년을 가리켰다.

"이거 저희집 손님이 전하라고요. 그리고 선생님을 꼭 모시고 오라던데요."

소년은 메모 용지를 한 장 내어주었다.

잠깐이라도 뵈옵고 싶습니다. 식사 전이면 더욱 좋겠습니다.

나는 무슨 영문이지 통 알 수가 없었다. 쪽지에는 그것뿐이고 상대방의 이름이 적혀 있지 않았다.

"얘, 이분이 어떤 분인데?"

나는 소년에게 물었다.

"오시면 아신다고요."

소년은 빙그레 웃었다.

"그래, 날 잘 안다데."

"그런가봐요."

"어느 학교 선생님이데?"

"아니오, 혼자 오셨는 걸요."

"혼자, 언제."

"아까 차에 오셨어요."

"그래, 너의 여관이 여기서 머니?"

"아니오, 바로 저 큰길 건너예요. 어쨌든 같이 모시고 오라시던데요."

"그래."

나는 소년을 따라나섰다. 소년은 과연 얼마 안 가서 조그마한 호텔로 나를 인도하였다.

이층으로 올라갔다. 제법 깨끗한 복도를 ㄱ자로 꺾어 돌아서며 둘째 방문을 노크하였다.

"들어오세요."

여자의 목소리였다. 소년은 문을 밀어 열었다.

"모시고 왔습니다. 들어가시죠."

소년은 문 옆으로 비켜서며 빙그레 웃었다. 나는 소년의 얼굴을 쳐다보며 머뭇거렸다.

"아니 혹시 방이 ……."

경주서 여자손님이 나를 찾을 까닭이 전연 없는 것이었다.

"죄송합니다, 선생님."

나는 깜짝 놀랐다. 명숙이었다.

"아니 어떻게, 언제 오셨습니까."

"바로 선생님과 같은 차로 왔어요."

" ……?"

"오늘 뵙겠다는 말 거짓말인 줄 아셨죠?"

나의 뒤로 돌아 문을 닫으며 명숙은 나를 돌아보았다.

"이리 들어오세요, 선생님."

나는 명숙이 인도하는 대로 방 가운데 놓인 걸상에 가 그녀와 마주앉았다. 그리 넓지는 않으나 아담한 양실 한 옆에는 침대가 놓였고 한가운데 놓인 탁자에는 빨갛게 타는 단풍이 한 가지 꽃병에 꽂혀 있었다.

나는 그저 멍청히 그녀의 얼굴을 바라보고 앉아 있었다. 같은 차로 내려왔다니 도무지 알 수 없는 일이었다.

명숙은 어제와는 달리 연한 보라색 치마저고리를 입었고, 화장도 훨씬 가벼웠다.

"불러내어서 불쾌하시죠?"

그녀는 탁자 위의 화병을 약간 한옆으로 밀어놓으며 빤히 나를 쳐다보았다.

"아니오."

"그럼 놀라셨죠."

"아니오."

"그래요? 그럼 왜 그렇게 말이 없으세요."

"어떻게 된 일인지 그걸 생각하고 있습니다."

"버스도 따라잡고, 기차도 따라잡고, 호호호."

그녀는 자기 말에 자기가 웃었다. 나도 빙그레 웃고 말았다.

"명숙이 참 변했죠."

나는 대답 대신 또 한 번 빙그레 웃었다.

"도망을 가던 명숙이가 따라다니는 명숙이로."

이번에는 그녀도 웃지 않았다. 나는 그녀의 그 말을 어떻게 듣고 뭐라고 대답해야 좋을지를 몰랐다. 나는 그저 명숙의 시원한 눈을 바라보고 있었다.

"참, 선생님 아직 식사 전이죠."

그녀는 자리에서 일어났다.

"저, 곧 돌아가야 합니다."

나도 따라 일어섰다.

"식사라도 같이 하고 싶어서요."

"아니 저, 애들이 기다리니까."

그녀와 나는 마주선 채 또 한참이나 서로의 얼굴을 바라보고 있었다.

"그래요. 그럼 그대로 좀 앉아서 이야기라도 ……."

그녀는 조용히 다시 걸상에 앉았다. 그러나 무슨 말을 어떻게 해야 할지 알 수 없었다. 그녀도 말이 없었다. 그녀의 얼굴에는 점점 그늘이 지기 시작하였다. 전등불빛 밑이 되어서만이 아니라, 그녀의 얼굴이 차츰 핼쑥해졌다고 느끼자 마침내 그녀는 탁자 위에 푹 엎드리고 말았다.

부르르 그녀의 어깨가 떨렸다.

나는 일어서서 그녀의 등 뒤로 갔다.

"명숙씨."

나는 조심스레 그녀의 어깨를 흔들었다.

그녀는 조용히 몸을 일으켰다. 저고리 소매 속에서 수건을 꺼내어 얼굴을 찍어내었다.

"선생님, 가지 마세요."

그대로 나에게 등을 돌린채 고개를 수그린 그녀의 말이었다.

"이제 울지 않을게 선생님 가지 마세요."

그녀는 그대로 앉은 채 천천히 나에게 얼굴을 돌렸다. 그녀는 거기 그녀의 어깨 옆에 늘어뜨린 나의 손을 가만히 잡았다. 그녀는 나의 손등에다 자기 얼굴을 가져다대었다. 도리질을 하듯이 몇 번이고 손등에다 볼을 비볐다. 나는 그녀가 하는 대로 손을 내어맡기고 우두커니 서 있었다.

탁자 위의 단풍만이 빨갛게 타오르고 있었다.

"선생님, 저는 이제 우리들의 인생마저 따라잡고야 말겠어요."

그녀는 또 한 번 나의 손등에 자기의 볼을 비볐다. 나는 그녀의 윤이 자르르 흐르는 귀밑머리를 내려다보고 있었다.

"선생님은 왜 말이 없으세요?"

그녀는 얼굴을 들어 나를 쳐다보았다. 나는 나의 손 안에 그녀의 손을 꼭 쥐었다. 그리고 한 손으로 그녀의 턱을 가만히 받쳐올렸다. 그 옛날 비오는 밤길에서처럼.

그녀는 머리를 뒤로 젖혔다. 까만 두 눈에는 맑은 눈물이 수은(水銀)처럼 고여 있었다.

"선생님."

"……."

"선생님, 가지 마세요."

그녀는 몸을 돌이켜 나의 허리를 꽉 부둥켜안았다. 나는 눈을 감아버렸다. 그리고 나는 생각하였다.

어쩌면 나와 명숙은 지금까지 먼 곳에 떨어져 있었던 것이 아닌지도 모른다고. 마치 그날 같은 기차를 타고 같은 곳을 향해 달리면서도 나만이 아무것도 모르고 있었던 것처럼.

"숙이!"

나는 그녀의 두 어깨를 꽉 붙들었다. 숙이. 참말로 오래오래 못 부르던 이름이었다. 전날 그녀를 만났을 때에도 그렇게 반가우면서도 어쩐지 옛날 그대로 숙이라고 부를 수 없었던 그녀였다.

"요한씨!"

그녀는 떼를 쓰는 어린애처럼 마구 나의 가슴으로 파고들었다. 긴 꿈에서 막 깨어난 것처럼 우리들은 거기 침대에 가서 나란히 걸터앉은 채 한동안 말이 없었다.

"요한씨."

나는 대답 대신 그녀에게로 얼굴을 돌렸다.

"저는 이제 제 인생을 도로 찾아야겠어요."

"…… 그렇지만 어디 시간을 무를 수가 있어."

이번에는 명숙이 대답이 없었다. 한참 동안 둘이 다 말이 없었다.

나는 창 밖의 밤하늘을 내다보고 있었다. 하늘에는 별들이 유난히 반짝거리고 있었다. 둥실 하늘로 떠오르는 것 같았다.

영원(永遠).

나는 문득 그런 생각을 하였다.

나는 옆에 앉은 명숙이에게로 얼굴을 돌렸다. 그녀도 창 밖을 내다보다 말고 얼굴을 돌렸다.

"무슨 생각을 하셨어요?"

"별을 바라보고 있자니까 문득 영원이란 말이 생각나서."

"그래요. 저는 꼭 반대 생각을 했어요. 순간(瞬間)을, 바로 이 순간을."

"순간과 영원과 ……."

"뭔지 전 모르겠어요. 그저 제게는 이 순간이 한없이 귀하다는 것밖에."

둘이는 다시 창 밖으로 시선을 보냈다. 다시 잠잠하였다. 우리들은 그저 언제까지나 그렇게 앉아 있었다.

이제 나는 명숙의 지난 일들에 관하여서는 아무것도 알고 싶지도 않았고, 또 알아야 할 필요도 느끼지 않았다. 아니 명숙이는 하나도 변한 것이 없었다. 명숙이와 나의 인생을 어느 한 지점에서 잘랐다가 그대로 두었던 그 끝에 다시 가져다 대어놓은 것이었다.

"숙이, 이제 가봐야겠어."

나는 천천히 침대에서 일어섰다.

"그래요."

명숙이도 따라 일어섰다. 나는 문을 향하여 걸었다. 그녀는 나의 뒤를 따라왔다.

내가 막 문 핸들을 쥐었을 때였다. 명숙이 등 뒤에서 불렀다.

"요한씨."

"……?"

나는 그녀에게로 돌아섰다. 그녀의, 그 어딘가 먼 데를 바라보는 듯한 눈. 그녀는 그대로 고개를 떨구고 말았다.

"내일 저녁은 불국산가요."

"불국사."

"낼 뵙겠어요."

"……."

"그럼 안녕히."

"안녕."

10

다음날은 종일 경주시 주변에 있는 고적들을 버스로 돌며 구경하게 되어 있었다.

나는 아침에 잠깐이라도 명숙의 숙소엘 다녀오고 싶었다.

그러나 종내 그녀를 찾지 못한 채 학생들과 함께 버스로 여관을 떠나고 말았다.

　점심때가 다 되어서였다. 우리 일행은 무열왕릉(武烈王陵)에 닿았다.

　"에, 이 능으로 말하면, 여러분이 이미 학교에서 배워서 잘 아는, 김춘추(金春秋) 무열왕의 무덤으로서, 바로 여기 있는 이 귀부(龜趺)는 비석을 받쳤던 것입니다 …….”

　방금이라도 엉금엉금 기어갈 것 같은 커다란 돌거북 앞에서 안내인은 여러 학생들을 세워놓고 일장 설명을 시작하였다. 학생애들은 귀로는 안내인의 설명을 들으면서 눈으로는 다들 놀라운 빛으로 귀부를 쳐다보고 있었다.

　나는 애들 뒤에 두어 걸음 떨어져 서 있었다.

　차를 타고 다닌다고는 하지만 퍽 피곤하였다. 나는 어서 그 긴 설명이 끝나고 잔디밭에 가 죽 다리를 뻗고 좀 누웠으면 하는 생각뿐이었다.

　나는 어제 저녁 경주에 와 내리자마자 애들이 성급하게 사다 쥐어주던 벚나무 지팡이를 뒤로 돌려 짚으며 한 걸음 더 물러섰다. 누군가 뒤로 돌린 손을 건드렸다. 나는 여전히 안내인을 바라본 채 무심코 한 걸음 옆으로 비켜섰다. 그런데 또 따라오며 나의 손을 건드리는 것이었다. 뒤를 돌아다보았다. 나는 당황하였다. 언제 왔는지 거기 명숙이가 옆에 서 있지 않은가.

　그녀는 눈으로 웃었다. 그리고 아무런 말도 없이 조그마한 종이 봉지를 얼른 나의 손에 들려주었다. 그녀는 성난 사람처럼 홱 돌아섰다. 노란 잔디밭 저쪽으로 걸어갔다. 거기 택시가 한 대 머물러 있었다. 그녀는 그 택시에 올랐다. 그러자

차는 곧 떠났다. 그녀는 시종 얼굴을 앞으로 하고 한 번도 돌아보지 않았다. 택시는 저만치 송림 사잇길을 꿰고 사라졌다.

나는 그때까지 얼빠진 사람처럼 서서 사라지는 택시를 바라보고 있었다.

정신이 들자 나는 파란 끈을 열십자로 맨 흰 종이 봉지를 한 손에 들고 있었다.

"그러면 여기서 점심 식사를 한다."

고적 설명이 다 끝난 모양으로, 수학 선생이 애들에게 지시를 하고 있었다.

애들은 와 하고 사방으로 흩어져 끼리끼리 그럴 듯한 자리들을 찾아갔다.

선생들은 능 옆의 소나무숲으로 들어가 둘러앉았다.

여관집에서 싸 준 점심을 애들이 날라왔다.

"그건 뭡니까. 먹을 거면 내놓으시오. 하하하."

점심 식사가 대충 끝나고 사과들을 깎고 있을 때, 내 맞은편에 앉았던 선생이 내 앞에 놓아둔 종이 봉지를 가리켰다.

"아 참, 이게……, 가만."

나도 우선 봉지를 들어 내놓다 말고 다시 들어올렸다. 사실 그것이 무엇인지를 나도 모르고 있었기 때문이다. 나는 내 손으로 끈을 풀었다. 그건 길가에서 구워 파는 호도과자였다. 모양이 꼭 호도 같은 그것은 감촉이 보들하였다.

"자, 하나씩 드십시오."

나는 봉지째로 가운데 밀어 내놓았다.

"이게 뭐야, 최 선생은 아직 어린애군."

"호도과자, 이거 우리가 초등학교에 다닐 때에 먹던 거군 그래."

교감도 하나 들어 들여다보고 입에 넣었다.

"선생님 때에도 이런 게 있었습니까. 사실은 저도 어려서 먹던 생각이 나서 샀습니다."

나는 멀쩡한 거짓말을 하였다. 그러나 그 호도과자로 해서 어렸을 때의 생각이 났다는 것만은 거짓말이 아니었다. 내가 초등학교 다닐 때에 학교에서 집으로 오는 길가에 호도과자를 구워 파는 할아버지가 있었다. 나는 거의 날마다 어머니가 주는 돈으로 그 호도과자를 샀다. 그 할아버지는 돈을 내가 내는데도 과자 봉지는 언제나 명숙에게 주는 것이었다. 그러면 명숙은 그것을 받아들고 나보다 나이는 어린 것이 마치 누나가 동생에게 주듯이 한 개를 꺼내주고는 자기도 한 개 먹고, 또 내가 다 먹으면 한 개를 주고는 자기도 한 개 먹고, 그렇게 하기를 집 가까이 올 때까지 계속하며 오곤 하는 것이었다. 나는 그때에 그것이 참 재미있었다. 아마 명숙이도 그날의 나와 똑같은 추억에서 그것을 샀을 것이라고 나는 생각하였다.

"응? 이게 뭔가?"

봉지에 손을 넣어 호도과자를 꺼내던 선생이 과자와 함께 명함만한 종이쪽지를 집어내었다.

나는 그에게로 손을 내어밀었다. 그는 무슨 레테르인 줄 알았던지 뒤로 뒤집어보았다.

"아, 사, 녀. 이게 무슨 소리야."

나는 그에게서 종이쪽지를 받아들었다. 분명히 쪽지에는

연필로 '아, 사, 녀'라는 석 자가 적혀 있었다.

"그게 뭐요? 아사녀."

"글쎄 아마 봉투를 만드는 데서 장난한 쪽지가 들어 있었나 보군요."

나는 확 얼굴이 달아올랐다. 그것은 분명히 명숙이가 적어 넣은 것임에 틀림없었기 때문이었다. 그러나 나는 애써 심상한 태도를 취하며 그 종이쪽지를 돌돌 말아서 거기 잔디밭에 버리고 말았다.

"아사녀라면 그 여자 이름이죠. 그 불국사의 석가탑을 만든 석공의 아내 아사녀(阿斯女) 말이오."

교감이 말했다.

"아 참 그렇죠. 영지(影池)에서 탑 그림자를 기다리다 빠져죽은."

"그렇죠. 비련(悲戀)이야, 참."

"그러고 보면 지금 그게 보통 종이가 아니네. 하하하."

방금 종이쪽지를 집어낸 선생이 나를 보고 웃었다.

"그러게 말이오. 그건 멋진 이야긴데, 어디 그럼 한 개 더 맛을 봐야지."

수학 선생이 또 하나 과자를 집어내며 따라 웃었다.

"설마 아사녀의 혼이 우리 최 선생에게 연애편지를 했겠소. 하하하."

교감도 한 마디 하였다.

"그야 누가 아나요, 선생님."

수학 선생이 받았다.

"그것만은 알 수 있지요. 아마 선생님께라면 몰라도 장로님의 아드님이고, 목사님의 사위고, 그 이름까지도 요한인 우리 최 집사님만은 절대로 그럴 리 없지요. 그렇죠. 하하하."

"하하하하."

다들 교감의 말에 따라 웃었다. 나도 피시시 웃는 수밖에 없었다.

식사가 끝나자 각기 흩어져 이리저리 나무 그늘에들 누웠다. 나도 소나무 밑에 가서 반듯이 누웠다. 나뭇가지 사이로 보이는 가을 하늘은 청포도색이었다.

'아사녀.'

나는 속으로 아까 그 명숙이 것이 분명한 쪽지의 뜻을 생각해 보았다. 아사녀. 비련의 주인공 아사녀. 수천 리 길을 사랑하는 남편을 만날 수 있다는 희망으로 하여 찾아왔다가 성스러운 공사 도중에 여인을 만나게 할 수 없다 하는 대사의 거절을 당하고, 그러면 남편이 쌓는 탑의 그림자라도 보며 기다리겠다고 못가에 가 앉아 날마다 기다렸건만, 그 탑에는 그림자마저 없었던지 끝내 지쳐 물에 몸을 던져 죽고 말았다는 그 전설의 여인 아사녀.

그러나 나는 명숙이 왜 하필이면 그 쪽지에다 아사녀라고 써넣었는지 알 수가 없었다.

호루라기 소리가 길게 났다.

뒤미처 "집합" 하는 수학 선생의 큰 소리가 들렸다. 나는 미처 아사녀의 뜻을 풀지 못한 채 일어났다.

나는 버스를 타고 앉아서도 그 아사녀의 뜻을 생각하고 있었다. 여관 이름인지도 모른다는 생각도 해보았다.

전등이 들어온 뒤에야 우리들은 불국사에 닿았다. 여관은 바로 불국사 밑이었다. 저녁을 먹기가 바쁘게 애들은 피곤한 줄도 모르고 밖으로들 나갔고 선생들은 상을 물리자 두 방에 갈려서 그대로 누워버렸다.

나는 방 앞 마루에 걸터앉아 있었다. 어제 저녁처럼 명숙에게서 사람이 올지도 모른다는 생각에서였다. 달이 밝았다. 그러나 꽤 밤이 깊어도 아무도 오지 않았다. 무언가 쓸 데도 없는 물건들을 호기심에서 사들고 떠들던 학생애들도 이제 대개는 자기 방으로들 들어가버렸다. 나는 차츰 초조하여졌다. 그러나 명숙이 편에서는 학생애들의 목표를 보아 내가 든 숙소를 알 수 있겠지만, 내 편에서는 명숙의 숙소를 알 도리가 없었다.

나는 여관 문 밖으로 나서보았다. 어쩌면 명숙이도 식후에 밖으로 나왔을지도 모른다는 생각에서였다. 주춤주춤 언덕 길을 걸어 올라갔다. 길 양쪽에는 선물을 파는 상점들이 죽 늘어서 있었다. 흡사 야시 같은 그 상점에는 집집마다 문 앞에 빨간 끈이 달린 벚꽃나무 지팡이들이 단으로 세워져 있었고 두 명 세 명 아직도 학생애들이 물건을 사고들 있었다.

나는 옛날 학창시절에 일본 어느 명승지를 찾아갔던 때를 생각하며, 얼마 멀지 않은 불국사까지 올라갔다. 굵은 소나무들이 빙 둘러싼 불국사 아래뜰에는 때마침 보름달빛이 서리처럼 깔려 있었다.

나는 돌로 쌓은 육교를 올라갔다. 거기 층계 위에 커다란 문이 섰다. 나는 그 밑을 돌아 안뜰로 올라섰다. 거기에도 환히 달빛이 깔렸다.

"선생님이세요."

학생애들이 네댓 명 몰려서 마주 나왔다.

"오, 아직도 나와다니나. 내일 아침이 이른데 일찍 자야지."

나는 안뜰 편에 서 있는 다보탑 앞으로 걸어갔다. 엇비슷이 위에서 달빛을 받은 다보탑은 그 그늘이 뚜렷한 게 정말 고왔다. 그건 돌이라기보다 밀가루를 반죽하여 빚어 세운 것 같이 부드러운 살결을 가진 탑이었다. 나는 다보탑을 지나 대웅전 뒤뜰로 들어섰다. 거기도 달빛이 가득 차 있었다. 뜰 가장자리에는 단풍잎에 달그림자가 그 색채를 잃은 채 낙엽처럼 깔려 있었다. 나는 그 안으로 더 걸어 들어가려다 말고 되돌아 이번에는 이쪽으로 해서 대웅전 앞뜰로 다시 내려섰다. 거기 또 하나의 탑이 서 있었다. 다보탑과 마주 이쪽에 선 그 탑이 바로 낮에 교감이 아사녀의 전설에서 말하던 석가탑 즉 무영탑이었다.

나는 석가탑 앞에 가 섰다. 무거운 정적이 가득 차 있는 옛날 뜰 한가운데 마치 눈 감은 부처님의 자세를 그대로 닮은 석가탑은 우주의 중심이 바로 여기라는 듯 태연히 섰다.

나는 주춤주춤 탑 뒤로 돌아섰다.

누군가 탑 그림자 속에서 희끗 나타났다. 나는 멈칫 섰다.

"숙이."

"기다렸어요."

달과 마주선 그녀의 얼굴은 연꽃처럼 웃고 있었다.

'아사녀와 무영탑.'

나는 비로소 낮의 그 쪽지의 뜻을 깨달았다. 아사녀가 불국사에 왔다면 그녀는 과연 어디부터 찾아가겠는가.

"오래 기다렸지?"

"지쳐서 죽은 여인도 있는데요, 뭐."

그녀는 또 한 번 소리없이 웃었다. 둘이는 나란히 걸어서 돌층계를 내려왔다. 왼쪽으로 꺾어 숲속의 좁은 길로 들어섰다. 그녀는 나의 뒤를 조용히 따라왔다. 숲속에 산장 같은 조그마한 다방이 있었다. 깨어진 다방 유리창으로는 '바위고개' 레코드 소리가 애처롭게 흘러나오고 있었다. 우리는 다방 문 앞을 그대로 지나쳐서 올라갔다. 그 이상은 길이 없었다. 달빛 아래 갈꽃이 소복이 모여서 피어 있었다. 풀잎 속에서는 가을 벌레들이 서늘한 소리로 울고 있었다.

나는 갈꽃을 손으로 헤쳤다. 그녀는 치마를 감싸쥐며 따랐다. 바로 거기 반반한 잔디밭이 있었다. 우리는 거기 가서 나란히 앉았다. 사방을 소나무가 병풍처럼 둘러 막았다.

"낮에는 고마워."

"옛날만치 맛이 없었어요."

바람이 앞의 갈꽃을 스쳐 지나갔다. 명숙에게서 향수내가 그윽히 피어왔다. 어디선가 놀란 새가 찍 하고 소리를 질렀다. 명숙이 흠칫 뒤를 돌아보았다.

"왜, 무서워?"

"아니오."

명숙은 아니오라고 머리를 저으면서도 역시 내게로 바싹 다가앉았다. 또 한 번 가을 바람이 갈꽃을 쓸고 지나갔다. 명숙이 저고리 앞자락을 여몄다.

"추워?"

"바람이 제법 싸늘해요."

"옷이 너무 얇지."

나는 양복저고리를 벗어서 그녀의 어깨에 걸쳐주었다. 그녀는 고개를 떨군 채 양복저고리의 단추만을 만지작거리고 있었다. 나는 달을 쳐다보았다. 거울 같은 보름달이었다.

"또 영원을 생각하세요?"

"……."

나는 그저 그녀를 돌아보기만 하였다. 그녀는 둘러쓴 나의 양복저고리 깃을 자기의 턱 밑에서 꼭 마주잡은 채 저만치 앞의 소나무 그늘을 바라보고 있었다.

"저는 지금도 순간을 생각했어요."

"……."

"영원, 그건 즐거운 사람들만의 말이야요."

"그럴까?"

"저는 바로 다음 순간을 위해서라도 이 순간을 버릴 수 없어요."

나의 눈과 명숙의 눈이 조용히 마주쳤다.

"제가 무서우시죠?"

"숙이가?"

"술집 마담이."

"이제 하나님이 미워졌어."

나는 다시 눈을 앞의 갈꽃으로 돌렸다.

"제게는 미워할 하나님마저 없었어요. 천애의 고아야요."

"실은 누구나 다 혼자야."

"그런지도 몰라요. 그러나 저는 일생에 단 한 번만이라도 혼자가 아닌 저이고 싶어요."

구름이 커튼을 치듯이 달을 가려 들어갔다. 구물구물 주위가 어두워졌다.

"요한씨!"

나는 그녀에게로 얼굴을 돌렸다. 그녀는 나의 무릎 위에 엎드리고 말았다. 그녀는 엎드린 채 나의 손을 더듬어 쥐어다 자기의 볼에 비비며 조용히 말하였다.

"요한씨. 한 번만이라도 저를 안아주세요."

나는 그녀의 등을 어루만지고 있었다. 나는 그대로 그녀를 꼭 쥐어짜고 싶은 충동을 느꼈다. 무어라고 설명할 수 없는 잔인한 생각이 번갯불처럼 나의 머릿속을 찢고 지나갔다.

"네. 꼭 한 번만이라도. 오늘 이 밤 하룻밤만이라도 저를 고아에서 건져주세요. 네, 네. 그 이상은 더 바라지 않겠어요. 요한씨."

그녀는 나의 한 손을 자기의 볼에다 꼭꼭 누르며 몸을 뒤틀었다.

달이 구름을 헤치고 다시 나온 모양이었다. 그녀의 얼굴이 배꽃처럼 희게 밝아왔다.

"아, 이렇게 눈이 부시게 달이 밝은데, 요한씨 ……!"

나는 달을 쳐다보았다. 허벅다리와 손바닥에 그녀의 체온이 따스하게 스며들고 있었다. 나는 무릎 위에서 그녀의 몸을 꽉 안아당겼다.

"참는 수밖에 없잖아."

"참아왔어요. 일생을 마치 미결수(未決囚)처럼 참아왔잖아요."

"끝까지 참을 수밖에 없잖아. 그게 우리의 운명인걸."

"운명이요. 하나님의 뜻이란 말씀이죠. 차라리 그런, 자기가 한 일에 대하여 책임을 지지 않을 수 있는 운명이란 편리한 게 있다면 좀더 편할 수 있겠어요."

"어쨌든 참는 수밖에 무슨 도리가 있겠어. 응, 숙이."

나는 한 번 그녀의 어깨를 꼭 안았다 놓았다. 그녀는 쥐었던 나의 손을 가만히 놓고 자기의 머리를 쓰다듬으며 몸을 일으켜 앉았다.

"자기를 속이자는 거죠."

"속여?"

"참는다는 건 자기를 속이자는 거야요."

"자기를 이기는 거지."

"어느 한편 자기가 또 한편 자기에게 진 체하자는 거죠. 저는 이십 년간을 두고 요한씨를 사랑하지 말자고 애썼어요. 이제 꽤 사랑하지 않는체는 할 수 있었어요. 참은 거죠. 이긴 거죠. 그러나 사랑하고 있는 사실에는 아무런 변동도 없어요. 결국 나를 내가 속이고 있었어요. 아니 속은 체하고 있었어요. 그러나 끝내 자기를 속일 수는 없었어요. 이제 이상 더는 자기를 속여보려고 하지 않기로 했어요. 더는 참지 않기로 했어요. 무의미해요."

"그러나 이젠 이미 늦었어. 너무 늦었어. 시간을 돌려 세울 수는 없다는 건 마찬가지 아니야."

"시간을 돌려세울 수는 없어요. 그렇지만 어제까지가 불행했대서 오늘도 또 내일도 마저 불행해야 한다는 법이 어디 있어요."

"숙이, 그러면 도대체 지금의 내가, 남의 남편이고 아버지인 내가, 숙이와 나를 위하여 무엇을 할 수 있다고 생각해, 응? 그저 이제 고개를 수그리고 나머지 내리막길을 마저 걸어 내려가는 도리밖에."

"모든 책임은 제게 있어요. 저는 바보였어요. 바보 숙이였어요. 사랑이란 꽃처럼 피어나는 것으로 알았던 바보였어요."

"숙이, 이제 와서 지난 일을 더 말하지 말어."

"아니야요. 저는 과거를 이야기하는 게 아니야요. 오늘을 위하여 말하는 거야요. 저는 늦게나마 알았어요. 사랑은 싸워서 얻어지는 것이란 걸. 저는 제 인생을 꼭 도로 찾고야 말겠어요."

"숙이, 이제 더 말하지 말어."

"요한씨가 어떻게 생각하시든, 저는 요한씨를 사랑하고 있어요. 그것뿐이야요. 그리고 참아도, 아무리 나를 내가 속여도 사실은 사실대로 조금도 달라지지 않았어요. 이제 제 앞에 단 하루만 남았대도 좋아요. 저는 그 하루라도 결코 누구 남을 위하여 버리는 어리석은 짓을 다시는 않기로 했어요. 마지막 한순간까지라도 저는 저를 위하여 살겠어요. 저를 위하여 요한씨를 사랑하겠어요. 참는다는 무의미한 짓을 않기로 했어요."

"숙이, 이제 정말 더 말하지 말아줘, 응."

"요한씨는 두 눈을 가리고 애써 자기 자신을 보지 않으려고 하고 있어요."

"그런지도 몰라. 나는 무서울 때면 눈을 감아버리곤 했어.

두꺼운 성경책 뚜껑으로 눈을 가리곤 했어."

"지금도 무서운 거죠, 제가 무서운 거죠."

"숙이가 무서운 것이 아니라 나 자신이 무서워."

"거짓말, 거짓말, 거짓말. 그건 거짓말이야요. 요한씨는 거짓말을 하고 있어요. 저는 알고 있어요. 요한씨가 무서워하고 있는 것이 무엇인지, 저는 다 알고 있어요."

"글쎄, 어쩌면 나는 아직 내가 무서워하고 있는 것이 무엇인지 그 정체를 잘 모르고 있는 것인지도 모르지."

"요한씨가 무서워하고 있는 것은 결코 요한씨 자신이 아니야요."

"그럼 무얼까. 우리는 지금까지 자신이 저지른 일에 대하여 책임을 지고 있는 것처럼, 앞으로도 내가 한 일에 대하여서는 책임을 져야 할 게 아니야. 나는 바로 그 내가 져야 할 책임이 무섭다는 거야."

"책임이요? 요한씨는 아무것도 책임을 지지 않아도 될 거야요."

"그건 무슨 뜻이지."

"요한씨는 지금까지 자기 의사대로 행한 행동이란 거의 없으시니까요."

"뭐?"

"저는 그렇게 봤어요. 혹시 제가 잘못 본 것일지도 모르지만. 그럼 요한씨가 자기의 뜻대로 행했다는 일이 있어요?"

"그야……."

"요한씨는 모든 일을 그저 하나님의 뜻대로, 아니 교회의 뜻대로, 아니 그것도 아닌 교인들의 관례대로 따라왔을 뿐이야요."

"교인들의 관례대로?"

"그러기에 저는 지금도 요한씨가 무서워하는 것이 무엇인지를 알고 있어요."

"하나님."

"아니오. 하나님을 진정 믿는다면 하나님은 결코 무서운 하나님이 아닐 거야요. 저희들 인간의 마음과 처지를 어느 인간보다도 자세히 아시고 계실 테니까."

"그럼 뭐야."

"그건 교회야요. 한국 교회, 구하기보다 벌하기에 더 열심인 한국 교회. 아니 지금 요한씨가 한 주일에 한 번씩 나가시는 무슨 무슨 교회. 아니요 더 자세히 말씀드리면 교회도 아니고 그 교회의 장로 아무개, 집사 아무개, 교인 중에 가장 남의 말 하기 좋아하는 아무개 아무개 그런 사람들이죠."

나는 그녀가 열기를 띠고 하는 그 말에 아무런 대답도 할 수 없었다. 그녀의 말은 나도 미처 못 느꼈던 나 자신의 가슴속의 생각을 샅샅이 뚫어본 것이라고 할 수 있었다.

"결국 사람은, 그 앞에서는 자기를 감추어두어야 하겠다고 생각하고 있는 그런 대상만을 무서워하는 거 아니겠어요. 그러니까 하나님은 무서워할 필요가 없지요. 하나님 앞에서까지 자기를 감추어둘 수 있는 인간은 절대로 없으니까요. 다 아시는 하나님인 걸요 뭐. 그러나 장로나 목사나, 집사, 교인쯤은 속여주려면 속여줄 수 있거든요. 그러기에 그들을 두려워하는 거죠. 알리지 않을 수도 있는 것을 알게 되는 것이. 그렇지 않을까요. 제가 말씀드린 것이 틀렸어요?"

"……."

나의 머릿속에서는 며칠 전처럼 팔랑개비 같은 것이 팽그르르 돌기 시작하였다.

"저는 이제 아무것도 무서운 것이 없어요. 저는 이제 아무런 사람 앞에서라도 저 자신을 속일 필요가 없으니까요. 아무리 교묘히 속여봐도, 자기가 죽고, 인류가 끝나기까지 그 사실을 아무도 몰랐다고 해도, 하나님마저도 몰랐다고 해도, 그 사실은 엄연히 존재한 것이 아니겠어요. 저는 이제 아무것도 두려워하지 않기로 했어요. 그저 사실 그대로 살기로 했어요. 그대로, 나대로요."

"숙이! 지금 숙이가 한 말이 다 옳아. 나는 혹시 꿩인지도 몰라. 암탉이 품어 까서 병아리들과 같이 키운 꿩. 숙이는 날더러 하늘을 날아보라고 해. 너도 날 수 있는 날개가 있다고. 그러나 이미 날 수 있는 꿩으로서의 용기를 잃어버렸어. 훌쩍 의외로 쉽게 날 수가 있을지도 몰라. 그러나 그 다음에 오는 꿩으로서의 생활은? 나는 뿌려주는 모이를 주워먹을 줄은 알아도 산에서 이리저리 모이를 찾아낼 재주를 미처 못 배웠어. 나는 나의 모든 것을, 생명까지도 주인의 뜻 하나에 맡겨두고 그 대신 사는 날까지는 담담하지만 안전한 뜰 안에서 사는 닭이야. 용기를 내어 산으로 날아가기에는 너무 크도록 닭의 생활을 했어. 내가 두려워하는 것은 지금 숙이 이야기한 대로 독수리가 아니라, 지금까지 나와 함께 지내온 딴 닭들인지도 몰라. 장로, 집사, 목사, 권사, 말 많은 교인들 따위 닭들. 가지각종 닭들. 그들 닭들이, 실은 내가 닭이 아니라 꿩이라는 정체를 알까봐 그것을 제일 겁내고 있는지도 몰라."

달이 또 구름 속으로 숨어들었다. 바람에 갈꽃들이 한쪽으로 비스듬히 눕다 말고 다시 일어섰다.

"인생의 고아. 사랑의 고아."

명숙은 나부끼는 갈꽃을 바라보며 혼잣말을 중얼거렸다.

"그렇지만 숙이를 사랑하는 내가 있지 않아?"

"제게도 부모는 있었을 거야요. 그래도 세상에선 고아라고 했어요. 요한씨가 저를 사랑하신대도 역시 저는 사랑의 고아죠."

명숙은 고개를 조용히 내게로 돌렸다. 조그마한 입술이 배시시 상냥스레 웃고 있었다. 달이 또 구름을 헤치고 얼굴을 내어밀었다. 나는 그녀의 눈을, 그녀는 나의 눈을 서로 마주 지켜보는 자세로 둘이는 한참이나 말이 없었다.

"그만 내려가요."

이윽고 그녀가 거기 풀밭에 떨어진 나의 양복저고리를 집어들며 일어섰다.

나도 따라 일어났다.

그녀는 나의 등 뒤로 돌아와 양복저고리를 입혔다. 내가 마악 소매에다 팔을 끼고 있을 때였다. 그녀는 갑자기 나의 등에다 얼굴을 대고 흐느껴 울기 시작하였다.

"숙이, 왜 그래, 응?"

나는 그녀에게로 돌아섰다.

"으응, 아무것도 아니야요. 그저 ……. 서투르죠? 부인보다."

그녀는 생긋이 웃고 있었다.

나는 어느 사이에 그녀를 부서져라 끌어안고 있었다. 달을 향하여 얼굴을 약간 뒤로 젖힌 그녀의 볼에는 눈물 자국이 두 줄 또렷이 그어져 있었다.

나는 그녀의 이마로 입술을 가져갔다. 싸늘한 이마였다. 나는 입술을 꼭 눌렀다. 발밑에서 짜르르 하고 가을 벌레가 처량하게 울기 시작하였다. 나는 그녀의 이마에서 입술을 떼며 한 걸음 물러섰다. 벌레가 울기를 뚝 멈추었다. 나는 돌아섰다. 천천히 걸었다. 그녀는 두어 걸음 뒤로 고개를 수그리고 따라오고 있었다.

숲속의 다방 앞을 다시 지나 불국사 앞뜰을 가로질러서 이쪽 가장자리의 소나무 밑으로 들어섰다.

"먼저 내려가세요."

나는 멈칫 섰다. 따라오던 그녀는 거기 굵은 소나무에 기대어 서 있었다. 나는 다시 그녀의 앞으로 두어 걸음 되돌아갔다.

"늦었는데 그만 내려가."

"먼저 내려가세요."

"여관까지 바래다줄게."

"괜찮아요, 제가 갈 길은 제가 알고 있으니까요."

그녀의 목소리가 심상치 않았다. 나는 한참이나 그저 그녀와 마주 서 있었다. 그녀는 내게서 얼굴을 옆으로 돌려 또 달을 쳐다보았다. 달빛을 담뿍 받은 그녀의 얼굴은 잔잔한 채 움직이지 않았다.

"자 이제 그만 내려가 숙이."

"내버려두세요. 저는 언제나 외로운 고아였어요."

"숙이 왜 그런 말을 해."

나는 그녀의 등을 가만히 밀었다. 그녀는 걷기 시작하였다. 이번에는 나란히 걸었다.

어느 여관 문 앞에서 그녀는 걸음을 멈추었다. 나를 돌아다보았다.

"안녕히 주무세요."

그녀는 얼른 다시 돌아섰다. 그리고 여관 안으로 들어갔다. 나는 그녀가 안으로 사라질 때까지 거기 그냥 서 있었다. 무언가 하나 잊어버린 것이 있는 것처럼 마음이 허전하였다. 꼭 무언가 그녀에게 해두어야 할 말이 있는 것만 같았다. 또 그녀가 꼭 나에게 해야 할 말을 안하고 들어간 것만 같은 그런 차지 않는 심정이었다.

나는 돌아서서 나의 여관 쪽으로 천천히 걸어 내려왔다.

'사랑의 고아.'

그러고 보면 나 자신도 역시 사랑의 고아였다. 아니 뿐만 아니라 가정의 고아이기도 했다. 직장의 고아이기도 했다. 또 교회의 고아이기도 했다. 남편이면서 남편이 아니었고, 아버지면서 아버지가 아니었고, 스승이면서 스승이 아니었고, 기독교인이면서 기독교인과 어울리지 못하였고. 나는 나를 비로소 발견하는 것이었다. 모든 면에서 나는 고아였다고 새삼스레 생각해보는 것이었다.

나는 갑자기 말할 수 없는 고독감에 휩싸이고 말았다.

여관에서는 다들 곤히 자고 있었다.

나는 조심히 들어가 나의 자리에 누웠다. 곤하면서도 잠은 오지 않았다. 몇 번이나 몸을 뒤척였다.

나는 그때에야 문득 명숙이와 헤어질 때면 꼭 하던 말을 오늘 저녁에는 하지 않았다는 생각이 났다. 그녀는 내일 또 만나겠다는 말을 하지 않았었다.

나는 갑자기 서운한 생각이 들었다.

이제 그녀는 또다시 나의 앞에서 떠나고 만나주지 않으려는 것이나 아닌가 하는 생각을 하자 나는 자리 위에 일어나 앉았다. 팔목의 시계를 보았다. 두시였다. 이제 그녀의 숙소로 찾아갈 수는 없는 시간이었다.

한번 그런 생각에 미치자 꼭 그럴 것만 같았다. 내일 새벽에는 일찍이 일어나 곧 그녀의 숙소를 찾아가야 한다고 생각하며 나는 다시 자리에 누웠다.

11

석굴암에서 해돋이를 보기 위하여 우리 일행이 여관을 출발하는 시간은 세시 반이었다.

나는 한잠도 쉬지 못한 채 세시에 일어났다. 너무 시간이 일러서 조금 주저하였으나, 나는 그녀가 머무르고 있는 여관을 향해 올라갔다.

여관마다 석굴암으로 올라가기 위하여 사람들이 웅성거리고 있었다.

"네, 서울서 오신 여자손님 말씀이죠. 지금 막 떠나셨는데요."

여관집 사환애의 말이었다.

"떠나다니, 어디로 가신다고."

"석굴암으로 올라가셨어요."

나는 그 여관을 나오며 공연히 하룻밤을 꼬박 걱정을 한 것이 스스로 우스웠다. 이제 떠난다고 하면 틀림없이 석굴암에서는 그녀를 다시 만날 수 있으리라고 생각하자 한결 마음이 가벼웠다.

아직도 밝지 않은 산길을 애들은 군가를 부르며 올라갔다. 나는 교감과 또 수학 선생과 셋이서 애들의 행렬 뒤로 따라 걸었다. 길은 넓었으나 구비구비 산을 타고 도는 길이라 꽤 힘이 들었다. 그래도 애들은 기운이 만장이었다. 길이 한 고비씩 꺾일 때마다 거의 한두 패씩 일반사람들을 따라잡았다. 그때마다 나는 어두워서 잘 보이지는 않았으나 그 일반인들 가운데에서 명숙의 모습을 찾아보곤 하였다.

"학생들이야 당해내는 재주 있나 어디."

우리 일행보다 앞섰던 일반인 패들은 뒤로 처지며 이렇게들 말하고 웃었다. 애들은 이제는 그 먼저 출발하였던 일반사람들을 따라잡는 데 재미가 나서 더욱 빨리 올라갔다. 그렇게 한참을 올라가서, 산마루에서 길이 ㄱ자로 꺾이는 곳에 조그마한 오막살이가 한 채 있고 그 앞에는 나무 걸상을 놓고 법주(法酒)를 팔고 있었다.

애들은 그런 것은 본체만체 그냥 지나쳐 계속하여 걸었다. 우리 선생들도 하는 수 없었다. 점점 학생애들의 행렬에서 멀리 떨어지면서도 쉴 수는 없는 노릇이었다. 나는 법주를 파는 오막살이 앞에 쉬고 있는 사람들을 한 사람 한 사람 유심히 보며 걸었다. 그 가운데에도 명숙은 없었다.

거기서부터는 평평한 길이었다. 이제 동녘이 훤히 밝아오기 시작하였다. 오른편은 그 위로 낭떠러지고 왼쪽에는 제법 큰 나무들이 들어선 산인 그 길이, 커다란 바위가 있는 데서 또 한 번 꺾일 때였다. 저만치 앞에 가던 학생애들 행렬이 꺅 꺅 하고 이상한 소리들을 질렀다.

"저 녀석들이 또 뭘 보고 야단들인가 원."

교감이 중얼거렸다. 그러자 수학 선생이 길 한옆으로 나서 걸으며 학생의 행렬 쪽을 살폈다.

"이 산중에도 멋쟁이가 있군요. 그러니까 애놈들이 놀려보는 모양이죠."

"원 그놈들, 참 맹랑한 놈들이라니까. 하하하."

"하하하."

우리들은 걸음을 좀 빨리하여 학생들의 뒤를 따라갔다. 우리들이 거의 학생들 행렬 뒤에 다가온 것과 대여섯 사람 되는 일반인 한 패가 학생애들 행렬의 끝을 앞세우고 떨어지는 것과 맞먹었다.

우리가 막 일반인 패를 지나치려던 때였다. 나는 그 가운데 셋째번에서 걷고 있는 명숙의 뒷모습을 보았다. 우리들과 그들은 꽤 여러 미터나 나란히 걸었다. 나는 될 수 있는 데까지 명숙의 눈앞으로 가까이 걸었다. 공공연히 인사는 못하더라도 서로 눈인사라도 하고 싶었다. 나는 그녀에게서 눈을 떼지 않고 걸었다. 그러나 그녀는 고개를 떨구고 길만 보고 걷고 있었다.

우리들은 그녀의 앞을 지나쳤다. 그러니까 나는 그녀의 바로 한 발 옆으로 걸어 지나갔다. 그래도 그녀는 종내 눈을 들지 않았다. 나는 모른 체 지나쳐버리는 수밖에 없었다.

"그 셋째번 여자, 미인이던데."

우스운 소리를 곧잘 하곤 하는 수학 선생이 나의 옆구리를 쿡 쥐어지르며 힐끔 옆의 교감을 돌아보았다.

"허, 이 선생님이 큰일나겠군. 예수님은 그것도 죄라 하셨는데. 허허허."

교감이 점잖게 웃었다.

"아, 정말입니다. 미인입니다, 교감선생님. 그렇죠, 최 선생?"

나는 그저 빙그레 웃고 말았다. 그보다도 나는 내심으로 지금 그 명숙의 태도가 궁금하였다. 딴 선생들 앞이라 부러 그러는 것으로 치고는 어쩐지 그녀의 몸 전체에서 느껴지는 것이 너무 차가웠다. 나는 무의식중에 뒤를 한 번 돌아보았다. 여전히 그녀는 발부리만 보며 걷고 있었다.

"어때, 미인이지. 그러나 그저 한 번 보기만 해요. 공연히
……."

나는 또 빙그레 웃고 말았다.

석굴암에까지 다다른 학생애들은, 석굴암 바로 밑에 있는 조그마한 길 앞뜰에 여기저기 흩어져 앉아서들 쉬고 있었다. 나는 뜰 가장자리에 있는 큰 바위 위에 가 앉았다.

"선생님, 거기 위험합니다."

학생 하나가 나의 뒤에서 일러주었다. 그러고 보니까 그 바위 밑은 그대로 세 길도 더 되는 절벽이었다. 나는 일어나서 좀 뒤로 물러나 앉았다. 바로 바위 틈에서 나서 이상스레 구부러진 벚나무 가지가 나의 머리 위를 덮고 있었다.

"왔다, 왔어. 어이, 왔어."

애들이 우수수 저쪽 올라오는 길목 상점 쪽으로들 고개를 돌리며 수군거렸다. 휙 휙 휘파람을 부는 학생까지 있었다.

나는 무심히 그리로 돌아보았다.

벚나무가 양쪽에 우거진 길을, 좀 전에 우리에게 떨어졌던 명숙이가 섞인 한 패가 걸어 올라오고 있었다. 그 중에서도 산길을 걷기에는 너무나 어울리지 않게 긴 치마를 곱게 입고 있는 명숙이가 제일 눈에 띄었다.

그들은 물건들을 파는 상점 앞으로 가서 거기 놓인 나무 걸상에 걸터앉았다. 이제 곧 해가 솟아오른다고 하였다. 다들 와르르 앞으로들 몰려섰다. 절간 뜰 가장자리에 진을 치듯 한 줄로 죽 늘어섰다. 교감과 수학 선생 또 딴 선생들도 다들 학생들 틈에 끼여서 동녘을 향해 서 있었다.

나는 불국사의 아침 해보다 명숙의 거동에 더 관심이 갔다. 저편에 명숙이가 섞여 있는 패에서들도 우르르 일어서서 앞으로 나왔다. 그런데 명숙이만은 그대로 혼자 걸상에 앉아 있었다. 나는 그녀의 시선이 이리로 돌려지기를 기다리고 있었다. 그러나 한참을 기다려도 그녀는 그저 길 한가운데 한 곳에 눈을 준 채 도무지 얼굴을 들지 않았다.

"와 —— 해가 뜬다. 빨간 해구나 야 ——."

나의 등 뒤에서 애들이 큰 소리로 떠들었다. 거기 선 사람들의 시선은 다들 해를 향하고 있었다. 그러나 저만치 앉아 있는 명숙이만은 처음 그 자세대로 길 가운데 어느 한 점을 보는 채 움직이지 않았다.

점점 사방이 밝아왔다. 빨간 빛이 모든 물건을 비추기 시작하였다. 상점의 유리창이 반사하여 빨갛게 빛을 발하였다. 그 빨간 유리창 앞에 앉아 있는 명숙은 마치 불붙는 가운데 앉아 있는 것 같았다.

그러나 종내 명숙은 눈을 들어 나를 보려고는 하지 않았다.

"자, 갑시다. 이젠 불상(佛像)을 봐야지."

수학 선생이 나의 어깨를 툭 쳤다. 나는 일어섰다. 애들은 와르르 석굴암 돌층계를 올라갔다. 나는 딴 선생님과 함께 석굴암까지 올라갔다.

1200년. 그것은 결코 짧은 세월이라고 할 수는 없다. 그런데 그 석가여래상은 그대로 앉아 있었다. 의젓이 미소를 지으며 그 부처님은 천년을 앉아 있는 것이다. 암자 입구에 팔을 번쩍 들고 주먹을 불끈 쥐고 서서 부처님을 지키고 있는 사천왕상(四天王像). 십일면 관음보살(十一面觀音菩薩)의 그 아름다운 몸매. 그것은 종래에 보아온 무언가 난쟁이 불구자 같기만 하던 여러 불상들과 비교하여 생각할 때 분명히 아름답고 기품 있는 예술이었다.

나는 자꾸만 마음이 저 밑에 앉아 있는 명숙에게로 끌리면서도, 그 좁은 암자 안을 몇 번이나 학생들 틈에 끼여 돌며 근 반 시간이나 지냈다.

암자를 나오자 마치 꿈에서 깨어난 것처럼 다시 현실로 생각이 되돌아오는 것이었다. 나는 아침 햇빛을 정면으로 받으며 돌층계를 걸어 내려왔다.

돌층계 밑에는 바위를 쪼아서 판 샘이 있었다. 학생애들이 샘 둘레에 빙 둘러서서 제각기 자기들 물병에 물을 채우고 있었다.

나는 층계를 다 내려와 그 샘으로 갔다. 샘 위를 지붕처럼 덮고 있는 바위에 굵다란 글씨로 감로수(甘露水)라고 새겨져 있었다. 나는 애들의 어깨 너머로 샘을 들여다보았다. 맑은 물이었다. 무색투명, 나는 중학교 때에 화학 선생이 물을 설명해주던 생각이 났다.

"선생님, 약물이랍니다."

한 학생이 나를 돌아보고 비켜서며 말하였다.

"한 사발만 마시면 천 년은 산답니다, 선생님."

또 한 녀석이 거기 스님이 그러더라며 웃었다.

"그럼 한 컵만 마시면 백 년쯤은 되겠군 그래."

나도 농담을 하며 그들 틈에 들어섰다.

"선생님, 그럼 이거로 하나만 마시십시오. 세 컵은 될 겁니다. 삼백 년."

한 녀석이 나무를 파서 만든 소박하기 짝이 없는 물주걱을 내게 건네주었다. 둘러섰던 애들이 와 하고 웃어대었다.

"그래볼까? 한 삼백 년 살아볼까."

나는 물주걱을 받아들었다.

"그런데 선생님, 조건이 하나 있습니다."

한 녀석이 말했다.

"무슨 조건인데."

"마시되 단숨에 마셔야지 쉬었다 마시면 안 된답니다."

"그래? 쉬었다 마시면 죽었다 다시 나는 건 아닌가."

"그런지도 모르죠."

"그렇다면 참 편리하겠는걸. 그러면 난 한 방울만 마시고 쉬었다가 마시겠는데. 하하하."

"선생님 마음대로 하세요. 그까짓것 뭐 부처님 거지 우리 건 아니니까요."

애들이 또 와 웃었다.

나는 물주걱으로 물을 하나 가득히 떴다. 주걱에서 떨어지는 물방울이 보석알처럼 아침 햇빛에 반짝였다. 샘에는 떨어진 물방울이 일으킨 파문이 사르르 퍼져나가고 있었다. 나는 물을 마시려고 주걱을 들어올렸다. 바로 그때였다. 누군가 등 뒤에서

"쉬 ──"

하고 이상한 소리를 내었다. 애들이 일제히 뒤를 돌아보았다. 나도 물주걱을 들어올린 채 뒤를 돌아보았다. 바로 거기 내 등 뒤에 어느 사이에 또 명숙이가 와서 서 있었다. 나는 주춤 한 걸음 옆으로 비켜섰다.

그녀는 내 옆으로 샘에 다가왔다. 샘을 들여다보았다. 물에 비친 분홍색 새벽 하늘색과 푸른 나뭇잎 색과 그녀의 흰 얼굴 색이 내가 들고 있는 물주걱에서 떨어지는 물방울로 해서 일어나는 수문(水紋)에 마치 현대회화(現代繪畵)의 화폭처럼 뒤섞여서 신비스레 출렁거리고 있다.

둘러선 학생애들도 나도 또 그녀도 어색할 정도로 조용하였다. 나는 내가 들고 있던, 물이 가득 담긴 물주걱을 그녀의 앞으로 손잡이를 돌려 내어밀었다.

그녀는 그 시원한 눈으로 한 번 나를 쳐다보았다. 웃는 듯 마는 듯 이슬 같은 미소가 그녀의 입 가장자리에 떠오르다 말고 사라졌다. 그녀는 오른손에 쥐고 있던 수건을 왼손으로 옮겨쥐고 나서 살며시 물주걱을 받았다. 그녀는 물주걱을 받

아들고 또 한 번 나를 쳐다보았다.

그녀는 조심스레 물주걱을 빨간 입술로 가져갔다. 흘러넣듯이 조용히 한 모금 마셨다. 그녀는 물주걱에서 입을 떼었다. 두 손으로 물주걱을 받쳐들었다. 내게로 살며시 내어밀었다.

"에, 선생님 백 년 손해보셨다."

누군가 한 녀석이 우스운 소리를 하였다. 나는 학생애들을 한 바퀴 둘러보았다. 어쩐지 애들 앞에서 그녀가 마시다 남겨주는 그 물을 마시기가 좀 멋쩍어서였다.

"선생님, 이백 년만 사세요 뭐."

또 한 녀석이 놀려대었다. 나의 앞에 그대로 서서 마치 내가 그 물을 마시는 것을 감시나 하려는 듯이 마주 서 있는 그녀를 한 번 쳐다보았다.

나는 물주걱을 입으로 들어올렸다.

"와."

애들이 마구 함성을 올렸다. 나는 크게 한 모금 마시고 나머지 물을 주르르 발 밑에 쏟아버렸다.

그녀는 아무런 말도 없이 돌아섰다. 그리고 사뿐사뿐 다시 저 밑으로 걸어 내려갔다. 학생애들과 나는 멍청하니 서서 그녀의 걸어가는 뒷모습을 언제까지나 바라보고 있었다.

우리들은 석굴암 밑의 절간 앞뜰에 애들을 모아세웠다. 거기서 아침식사를 하기로 되어 있었다.

해산을 하자 애들은 다들 산속으로 숨어들었고, 우리 선생님들은 절간 마루로 둘러앉았다.

김밥을 풀어놓고 식사를 하고 있을 때였다. 나의 바로 맞은 편에 앉았던 수학 선생이 나를 건너다보며 김밥을 집어든 손을 자꾸만 저쪽으로 내질렀다. 나는 그가 몰래 가리키는 쪽을 돌아다보았다.

나의 등 뒤 저만치 있는, 아침에 내가 앉아 있었던 바로 그 바위 위에 명숙이가 저편 낭떠러지 쪽을 향하여 앉아 있었다.

앞에 앉은 수학 선생이 한쪽 눈을 감았다 떠보이며 김밥을 입에 집어넣었다. 나는 식사를 대강 하고 마루 끝으로 나와 걸터앉았다. 그녀는 여전히 이쪽으로 등을 돌린 채 무엇을 생각하는지 망연히 동해(東海)를 바라보고 있었다.

"역시 멋쟁이지?"

수학 선생도 식사를 끝낸 모양으로 나의 옆에 와 앉았다. 나는 그저 아무 대꾸도 하지 않았다. 아마 십분도 더 그렇게 앉아 있었다.

"우리 저 밑에나 가봅시다."

수학 선생이 일어서며 옷을 털었다. 나는 한 번 더 명숙이 쪽을 바라보았다.

바로 그때 그녀가 살며시 일어섰다. 얇은 치맛자락이 아침 바람에 한 번 크게 나부꼈다. 그녀는 치마꼬리를 더듬어 앞으로 감아쥐었다.

"쓸데없이. 자, 저 밑에나 가봅시다."

수학 선생이 나의 손을 잡아끌어 일으켰다. 나는 따라 일어섰다. 우리는 뜰로 내려섰다. 그때였다. 명숙이 한 번 고개를 이리로 돌렸다. 순간 나의 시선과 딱 마주쳤다. 그것은 정말 순간도 채 못 되는 짧고 뾰족한 시간이었다. 그녀는 다시 고개를 돌려버렸다.

우리는 거기서 좀더 앞으로 뻗어나간 산줄기 끝의 사리탑(舍利塔)이 있다는 곳으로 내려가고 있었다. 우리가 그러니까 절간 뜰에서 낭떠러지 밑으로 내려가는 언덕길을 뛰어 내려갈 때였다. 갑자기 뒤에서 소란하게 애들이 떠드는 소리가 났다. 여럿이 떠드는 소리라 무슨 일인지는 잘 알 수 없었다.

나와 수학 선생은 주춤 섰다. 귀를 저 위 절간 있는 쪽으로 기울였다.

"사람이 떨어졌어요! 사람이 떨어졌어요!"

나는 분명히 들었다.

"사람이 떨어졌다구?"

수학 선생의 얼굴색이 새파랗게 질려갔다.

"글쎄."

"큰 사고 났구만. 에이, 애놈들이 너무 까불더라니."

쿠덩쿠덩 학생애들이 이리로 언덕을 마구 뛰어내려왔다.

"누가 떨어졌어?"

수학 선생이 소리를 질렀다.

"여자가 떨어졌어요. 아침에 그 여자가요."

학생애들은 양복저고리 단추는 전부 따헤친 채로 마구 뛰어내려갔다.

나는 정신이 아찔하였다.

"아 바로 그 여잔가?"

수학 선생이 그래도 학생이 아니라는 데 직접 책임에서 풀려난 듯 말하였다.

나는 그때에야 지금 달려간 애들의 뒤를 따라서 달리기 시작하였다.

칡넝쿨이 얽히고, 잡목들이 틀고 들어선 바위 잔등을 나는 어디를 어떻게 뛰었는지 모른다.

학생애들이 빙 둘러서 있었다. 나는 그들을 두 손으로 헤치고 달려들었다.

두 팔을 아무렇게나 내던지고 바위 잔등에 엎어진 것은 분명히 명숙이였다.

"숙이!"

나는 그녀를 안아 일으켰다. 목이 건들하며 머리의 무게를 지탱하지 못하였다.

"숙이! 숙이!"

나는 그녀의 몸을 안아 흔들었다. 그러나 그녀는 이미 숨을 거두고 있었다. 그녀의 입에서 피가 주르르 쏟아져나왔다. 나는 그녀를 두 팔로 들어 안고 일어섰다. 둘러섰던 애들이 뒤로 물러섰다. 그녀의 목과 팔과 다리는 제각기 축 늘어졌다. 내가 바위 위를 뛰어 디딜 때마다 그녀의 팔과 다리가 흔들거렸다.

학생 중 하나가 떨어졌던 그녀의 손수건을 주워들고 와서 그녀의 얼굴에다 덮어주었다.

나는 그녀를 안고 천천히 언덕길을 걸어 올라왔다.

애들이 여남은 명 마치 조객처럼 뒤를 따라오고 있었다. 아무도 말이 없었다.

절간 뜰에까지 올라온 나는 그녀의 시체를, 뜰 한 모퉁이 잔디가 깔린 빨간 단풍나무 밑에 눕혔다.

나는 양복저고리를 벗었다. 전신이 땀이었다. 나는 그녀의 가슴에다 양복 저고리를 덮어주었다.

　나는 울 수도 없었다. 애들이 빙 둘러서고 일반사람들이 그 가운데 드문드문 끼여 섰다.

　"암만해도 좀 수상했어요."

　"아침에 같이 떠났는데 한 마디도 말을 하지 않는단 말이야."

　"자살일 거요, 모르긴 하지만."

　아마 같이 여관에서 묵고 함께 석굴암으로 올라온 패들인 모양이었다.

　"아니, 그분이 바로 아침의 그분이 아닙니까."

　학생이 사고라도 일으킨 줄 알고 놀라서 달려온 교감의 말이었다.

　"그렇습니다."

　"허 그 참 안됐군. 어쩌다 실수를 한담, 원."

　"자살이랍니다, 선생님."

　학생 하나가 교감에게 일러주었다.

　"자살!"

　"네."

　"자살이라니. 원 저런, 무슨 까닭이 있었는지는 몰라도 자살이야 …… . 그것은 죄지."

　"죄요? 교감선생은 이것까지도 죄로 따지시렵니까."

　나는 교감의 눈을 노려보았다.

　"아 그야 하나님이 주신 생명을 …… ."

　"선생님! 물러서주십시오."

　나는 교감의 가슴을 한 손으로 떠밀었다. 애들의 눈이 휘

둥그레졌다.

　"아니, 최 선생."

　"죽음까지도 죄로 따지시려거든 교감선생은 영생하십시오."

　"아, 나는 자살을 말하는 것이오."

　"이 사람을 죽도록 괴롭힌 자가 누군지 아십니까. 바로 당신들이오."

　"아니 최 선생 그 무슨 ……."

　교감은 여러 학생들 앞에서 혹시 애매한 치정관계의 오해나 받을까 두려워하는 듯 당황하였다.

　"그녀는 죽었습니다, 죽은 것입니다. 죽음은 절대적인 행위올시다. 그렇게 다시는 돌이킬 수 없는 막다른 골목으로 그녀를 몰아넣은 사람이 바로 당신들이란 말입니다. 당신들 한국 교회의 목사, 장로, 그리고 말 많은 교인들이란 말입니다."

　"아니 목사, 장로가 어떻다는 겁니까? 최 선생 진정하십쇼."

　"저는 지금 세상에 나온 뒤로 제일 똑똑한 내 정신을 가지고 있습니다. 한 번 더 똑똑히 말씀드려두지요. 그녀를 이렇게 만든 것은 바로 당신들이라는 것을. 그녀는 피해자입니다. 그리고 그를 죽인 하수인(下手人)은 접니다. 당신들의 사주를 받은 어리석은 등신 요한입니다. 아니 하수인인 동시에 저도 역시 그녀와 마찬가지로 피해잡니다. 그리고 또 당신들도 한국의 목사, 장로 그리고 모든 기독교인은 모두 다 실은 피해자인지도 모릅니다. 반 세기도 더 전에 한가하던 우리 조상들이, 마을 어귀 느티나무 밑에 앉아서 허리에 차고 다니던 장도(裝刀)로 심심풀이로 깎아세운 기독(基督)이란 목상(木像)의 피해잡니다."

"최 선생. 학생들 앞에서 하나님을 모독하십니까."

"저는 하나님을 모독하지는 않았습니다. 하나님은, 진정 하나님은, 당신들이 소위 예배당이라고 부르는 그 성황당(城隍堂) 저 너머에 계십니다."

"그래, 도대체 이분이 누구요. 최 선생이 아시는 분입니까."

"아사녀요. 어제 교감선생님이 이야기하신 아사녀요. 인간은 잊어버리고 불상만을 위하던 중들의 피해자, 사람을 잊어버리고 하나님 아니 기독교만을 위하는 자들의 피해자, 주검을 보고 눈물보다 먼저 죄를 생각하는 자들에게 피해를 입은 여인 양명숙이오. 제가 일생을 두고 사랑하던 여인 숙이오. 술집 마담이오."

"선생님, 저기 자동차가 한 대 있어요."

눈치 있는 학생이 손님들이 타고 올라왔던 자동차를 불러 놓았다. 나는 그녀의 시체를 다시 일으켜 안았다. 애들이 가운데 통로를 내놓고 죽 양쪽에 늘어섰다. 나는 그 가운데로 천천히 걸어나갔다. 비로소 눈물이 콱 솟아올랐다.

'저는 아무것도 무섭지 않아요.'

'제가 갈 길은 제가 알고 있으니까요.'

어제 저녁에 그녀가 하던 말이 생각났다.

오발탄(誤發彈)

계리사(計理士) 사무실 서기 송철호(宋哲浩)는 여섯시가 넘도록 사무실 한 구석 자기 자리에 멍청하니 앉아 있었다. 무슨 미진한 사무가 있는 것도 아니었다. 장부는 벌써 접어 치운 지 오래고 그야말로 멍청하니 그저 앉아 있는 것이었다. 딴 친구들은 눈으로 시곗바늘을 밀어올리다시피 다섯 시를 기다려 후닥닥 나가버렸다. 그런데 점심도 못 먹은 철호는 허기가 나서만이 아니라 갈 데도 없었다.

"송 선생님은 안 나가세요?"

이제 청소를 해야 할 테니 그만 나가달라는 투의 사환애의 말에 철호는 다 낡아빠진 해군 작업복 저고리 호주머니에 깊숙이 찌르고 있던 두 손을 빼내어서 무겁게 책상 위에 올려 놓았다.

"나가야지."

하품 같은 대답이었다.

사환애는 저쪽 구석에서부터 비질을 하기 시작하였다. 먼지가 사정없이 철호의 얼굴로 몰려왔다.

철호는 어슬렁 일어섰다. 이쪽 모서리 창가로 갔다. 바께
쓰(양동이)의 물을 대야에 따랐다. 두 손을 끝에서부터 가만
히 물 속에 담갔다. 아직 이른봄이라 물이 꽤 손끝에 시렸다.
철호는 물 속에 잠긴 두 손을 물끄러미 내려다보고 있었다.
펜대에 시달린 오른손 장지 첫마디에 콩알만한 못이 박혔다.
그 못에서 파란 명주실 같은 것이 사르르 물 속으로 풀려났
다. 잉크. 그것은 잠시 대야 밑바닥을 기다 말고 사뿐히 위로
떠올라 안개처럼 연하게 피어서 사방으로 번져나갔다. 손가
락 끝을 중심으로 하고 그 색의 농도가 점점 연해져갔다. 맑
게 갠 가을 하늘 색으로 대야 가장자리까지 번져나간 그것은
다시 중심의 손끝을 향해 접어들며 약간 진한 파랑색으로 달
무리처럼 동그란 원을 그렸다.

피! 이건 분명히 피다!

철호는 엉뚱한 생각을 하고 있었다. 슬그머니 물 속에서
손을 빼내었다. 그러자 이번엔 대야 밑바닥의 한 사나이의
얼굴을 보았다. 철호의 눈을 마주 쳐다보는 그 사나이는 얼
굴의 온 근육을 이상스레 히물히물 움직이며 입을 비죽거려
웃고 있었다.

이마에 길게 흐트러진 머리카락. 그 밑에 우묵하니 팬 두
눈. 깎인 볼. 날카롭게 여윈 턱. 송장처럼 꺼멓고 윤기 없는
얼굴. 그것은 까마득한 원시인(原始人)의 한 사나이였다.

몽둥이 끝에, 모난 돌을 하나 칡넝쿨로 아무렇게나 잡아매
어 들고, 동굴 속에 남겨두고 나온 식구들을 위하여 온종일
숲속을 맨발로 헤매고 다니던 사나이.

곰? 그건 용기가 부족하다.

멧돼지? 힘이 모자란다.

노루? 너무 날쌔어서.

꿩? 그놈은 하늘을 난다.

토끼? 토끼. 그래, 고놈쯤은 꽤 때려잡음직하다. 그런데 그것마저 요즈음은 몫이 잘 돌아오지 않는다. 사냥꾼이 너무 많다. 토끼보다도 더 많다.

그래도 무어든 들고 들어가야 하는 것이다.

사나이는 바위 잔등에 무릎을 꿇고 앉아 냇물에 손을 씻는다. 파란 물 속에 빨간 노을이 잠겼다. 끈적끈적하게 사나이의 손에 묻었던 피가 노을빛보다 더 진하게 우러난다.

무엇인가 때려잡은 모양이다. 곰? 멧돼지? 노루? 꿩? 토끼?

그런데 사나이가 들고 일어선 것은 그 어느 것도 아니었다. 보기에도 징그러운 내장. 그것이 무슨 짐승의 내장인지는 사나이 자신도 모른다. 사나이는 그 짐승의 머리도 꼬리도 못 보았다. 누군가가 숲속에 끌어내어 버린 것을 주워오는 것이었다.

철호는 옆에 놓인 비누를 집어들었다. 마구 두 손바닥으로 비볐다. 오구구 까닭모를 울분이 끓어올랐다.

빈 도시락마저 들지 않은 손이 홀가분해 좋긴 하였지만, 해방촌 고개를 추어오르기에는 뱃속이 너무 허전했다.

산비탈을 도려내고 무질서하게 주워붙인 판잣집들이었다. 철호는 골목으로 접어들었다. 레이션 곽을 뜯어 덮은 처마가 어깨를 스칠 만치 비좁은 골목이었다. 부엌에서들 아무 데나 마구 버린 뜨물이 미끄러운 길에는 구공탄재가 군데군데 헌데 더뎅이처럼 깔렸다.

저만치 골목 막다른 곳에, 누런 시멘트 부대 종이를 흰 실로 얼기설기 문살에 얽어맨 철호네 집 방문이 보였다. 철호는 때에 절어서 마치 가죽 끈처럼 된 헝겊이 달린 걸쇠를 잡아당겼다. 손가락이라도 드나들 만치 엉성한 문이면서 찌걱찌걱 집혀서 잘 열리지를 않았다. 아래가 잔뜩 집힌 채 비틀어진 문 틈으로 그의 어머니의 소리가 새어나왔다.

"가자! 가자!"

미치면 목소리마저 변하는 모양이었다. 그것은 이미 그의 어머니의 조용하고 부드럽던 그 목소리가 아니고, 쨍쨍하고 간사한 게 어떤 딴 사람의 목소리였다.

문을 열고 들어서는 철호의 얼굴에 걸레 썩는 냄새 같은 것이 확 풍겨왔다. 철호는 문 안에 들어선 채 우두커니 아랫목을 내려다보고 있었다.

중학교 시절에 박물관에서 미라를 본 일이 있었다. 그건 꼭 솜 누더기에 싸놓은 미라였다. 흰 머리카락은 한 오리도 제대로 놓인 것이 없었다. 그대로 수세미였다. 그 어머니는 벽을 향해 돌아누워서 마치 딸꾹질처럼 어떤 일정한 사이를 두고, 가자 가자 하는 외마디 소리를 지르고 있었다. 그 해골 같은 몸에서 어떻게 그런 쨍쨍한 소리가 나오는지 이상하였다.

철호는 윗방으로 올라가 털썩 벽에 기대어 앉아버렸다. 가슴에 커다란 납덩어리를 올려놓은 것 같았다. 정말 엉엉 소리를 내어 울고 싶었다. 눈을 꼭 지리감으며 애써 침을 삼켰다.

두 달 전까지만 해도 철호는 저녁때 일터에서 돌아오면, 어머니야 알아듣건 말건 그래도 어머니 지금 돌아왔습니다 하고 인사를 하곤 하였다. 그러나 요즈음은 그것마저 안 하게 되었다. 그저 한참 물끄러미 굽어보고 섰다가 그대로 윗방으로 올라와버리는 것이었다.

컴컴한 구석에 앉아 있던 철호의 아내가 슬그머니 일어섰다. 담요바지 무릎을 한쪽은 까망, 또 한쪽은 회색으로 기웠다. 만삭이 되어서 꼭 바가지를 엎어놓은 것 같은 배를 안은 아내는 몽유병자처럼 철호의 앞을 지나 나갔다. 부엌으로 나가는 것이었다. 분명 벙어리는 아닌데 아내는 말이 없었다.

"아버지."

철호는 누가 꼭대기를 쿡 쥐어박기나 한 것처럼 흠칫했다.

바로 옆에 다섯 살 난 딸애가 눈을 동그랗게 뜨고 철호를 쳐다보고 있었다. 철호는 어린것에게로 얼굴을 돌렸다. 웃어 보이려는 철호의 얼굴이 도리어 흉하게 이지러졌다.

"나아, 삼춘이 나이롱 치마 사준댔다."

"응."

"그리구 구두두 사준댔다."

"응."

"그러면 나 엄마하고 화신 구경 간다."

"……."

철호는 그저 어린것의 노랗게 뜬 얼굴을 바라보고 있을 뿐이었다. 철호의 헌 셔츠 허리통을 잘라서 위에 끈을 꿰어 스커트로 입은 딸애는 짝짝이 양말 목다리에다 어디서 주운 것인지 가는 고무줄을 끼웠다.

"가자! 가자!"

아랫방에서 또 어머니의 그 저주 같은 소리가 들려왔다. 벌써 칠 년을 두고 들어와도 전연 모를 그 어떤 딴 사람의 목소리.

철호는 또 눈을 꼭 감았다. 머릿속의 넛줄이 팽팽히 헤어졌다. 두 주먹으로 무엇이건 꽉 때려부수고 싶은 충동에 철호는 어금니를 바쉬져라 맞섰다.

좀 춥기는 해도 철호는 집 안보다 이 바위 잔등이 더 좋았다. 그래 철호는 저녁만 먹으면 언제나 이렇게 집 뒤 산등성이에 있는 바위 위에 두 무릎을 세워안고 앉아서 하염없이 거리의 등불들을 바라보며 밤 깊기를 기다리는 것이었다. 어느 거리쯤인지 잘 분간할 수 없는 저 밑에서, 술 광고 네온사인이 핑그르르 돌고 깜빡 꺼졌다가 또 번뜩 켜지고 핑그르르 돌고는 깜빡 꺼지고 하였다.

철호는 그저 언제까지나 그렇게 그 네온사인을 지켜보고 있었다.

바위 잔등이 차츰차츰 식어왔다. 마침내 다 식고 겨우 철호가 깔고 앉은 그 부분에만 약간 온기가 남았다. 이제 조금만 더 있으면 밑이 시려올 것이다. 그러면 철호는 하는 수 없이 일어서야 하는 것이다.

드디어 철호는 일어섰다. 오래 꾸부려 붙이고 있던 두 다리가 저렸다. 두 손을 작업복 호주머니에 깊숙이 찔렀다. 철호는 밤하늘을 쳐다보았다. 지금까지 바라보던 밤거리보다 더 화려하게 별들이 뿌려져 있었다. 철호는 그 많은 별들 가운데에서 북두칠성을 찾아보았다. 머리를 뒤로 젖혀 하늘을 쳐다보는 채 빙그르르 그 자리에서 돌았다. 그 북두칠성 앞에 딴 별들보다 좀 크고 빛나는 별. 그건 북극성이었다. 철호는 지금 자기가 서 있는 지점과 북극성을 연결하는 직선을 밤하늘에 길게 그어보았다. 그리고 그 선을 눈이 닿는 데까지 연장시켰다. 철호는 그렇게 정북(正北)을 향하여 한참이나 서 있었다. 고향 마을이 눈앞에 떠올랐다. 마을의 좁은 길까지, 아니 그 길에 박혀 있던 돌 하나까지도 선히 볼 수 있었다.

으스스 몸이 떨렸다. 한기(寒氣)가 전기처럼 발끝에서 튀어 콧구멍으로 빠져나갔다. 철호는 크게 재채기를 하였다. 그리고 또 한 번 부르르 몸을 떨며 바위 밑으로 내려왔다.

철호는 천천히 골목안으로 들어섰다.

"가자!"

철호는 멈칫 섰다. 낮에는 이렇게까지 멀리 들리는 줄 미처 몰랐던 어머니의 그 소리가 골목 어귀에까지 들려왔다.

"가자!"

그러나 언제까지나 그렇게 골목에 서 있을 수도 없는 노릇이었다. 철호는 다시 발을 옮겨놓았다. 정말 무거운 발걸음이었다. 그건 다리가 저려서만이 아니었다.

"가자!"

철호가 그의 집 쪽으로 걸음을 옮겨놓을 때마다 그만치 그 소리는 더 크게 들려왔다.

가자는 것이었다. 돌아가자는 것이었다. 고향으로 돌아가자는 것이었다. 옛날로 되돌아가자는 것이었다. 그것은 이렇게 정신이상이 생기기 전부터 철호의 어머니가 입버릇처럼 되풀이하던 말이었다.

삼팔선. 그것은 아무리 자세히 설명을 해주어도 철호의 늙은 어머니에게만은 아무 소용이 없는 일이었다.

"난 모르겠다. 암만해도 난 모르겠다. 삼팔선. 그래 거기에다 하늘에 꾹 닿도록 담을 쌓았단 말이냐 어쨌단 말이냐. 제 고장으로 간다는데 그래 막는 놈이 도대체 누구란 말이냐."

죽어도 고향에 돌아가서 죽고 싶다는 철호의 어머니였다. 그러고는,

"이게 어디 사람 사는 게냐. 하루 이틀도 아니고"

하며 한숨과 함께 무릎을 치며 꺼지듯이 풀썩 주저앉곤 하는 것이었다.

그럴 때마다 철호는,

"어머니, 그래도 남한은 이렇게 자유스럽지 않아요?"

하고, 남한이니까 이렇게 생명을 부지하고 살 수 있지, 만일 북쪽 고향으로 간다면 당장에 죽는 것이라고, 자유라는 것이 얼마나 소중한 것인가를 갖은 이야기를 다 예로 들어가며 어머니에게 타일러보는 것이었다. 그러나 자유라는 것을 늙은 어머니에게 이해시키기란 삼팔선을 인식시키기보다도 몇백 갑절 더 힘드는 일이었다. 아니 그것은 거의 불가능한 일이라 하겠다. 그래 끝내 철호는 어머니에게 자유라는 것을 설명하는 일을 단념하고 말았다. 그렇게 되고 보니 철호의 어머니에게는 아들 —— 지지리 고생을 하면서도 고향으로 돌

아갈 생각만은 죽어도 하지 않는 철호가 무슨 까닭인지는 몰라도 늙은 에미를 잡으려고 공연한 고집을 피우고 있는 천하에 고약한 놈으로만 여겨지는 것이었다.

그야 철호에게도 어머니의 심정은 이해되지 않는 것은 아니었다.

무슨 하늘이 알 만치 큰 부자는 아니었지만 그래도 꽤 큰 지주로서 한 마을의 주인격으로 제법 풍족하게 평생을 살아오던 철호의 어머니 눈에는 아무리 그네가 세상을 모른다고 해도, 산등성이를 악착스레 깎아내고 거기에다 게딱지 같은 판잣집을 다닥다닥 붙여놓은 이 해방촌이 이름 그대로 해방촌(解放村)일 수는 없는 노릇이었다.

"나두 내 나라를 찾았다게 기뻐서 울었다. 엉엉 울었다. 시집올 때 입었던 홍치마를 꺼내 입구 춤을 추었다. 그런데 이 꼴 좋다. 난 싫다. 아무래두 난 모르겠다. 뭐가 잘못됐건 잘못되너머 세상이디 그래."

철호의 어머니 생각에는 아무리 해도 모를 일이었던 것이었다. 나라를 찾았다면서 집을 잃어버려야 한다는 것은, 그것은 정말 알 수 없는 일이었던 것이다.

철호의 어머니는 남한으로 넘어온 후로 단 하루도 이 가자는 말을 하지 않은 날이 없었다.

그렇게 지내오던 그날, 6·25 사변으로 바로 발밑에 빤히 내려다보이는 용산 일대가 폭격으로 지옥처럼 무너져나가던 날 끝내 철호는 어머니를 잃어버리고 말았던 것이다.

"큰애야 이젠 정말 가자. 데것 봐라. 담이 홈싹 무너지는데. 삼팔선의 담이 데렇게 무너지는데. 야."

그때부터 철호의 어머니는 완전히 정신이상이었다. 지금의 어머니, 그것은 이미 철호의 어머니는 아니었다. 아무리 따져보아도 그것이 철호 자기의 어머니일 수는 없었다. 세상에 아들딸마저 알아보지 못하는 어머니가 있을 수 있는 것일까? 그날부터 철호의 어머니는,

　"가자! 가자!"

하고 저렇게 쨍쨍한 목소리로 외마디 소리를 지를 뿐 그 밖의 모든 것을 완전히 잃어버리고 있었다. 철호에게 있어서 지금의 어머니는 말하자면 어머니의 시체에 지나지 않았다.

　뚫어진 창호지 구멍으로 그래도 희미한 불빛이 새어나오고 있었다. 철호는 윗방 문을 열었다. 아랫방과 윗방 사이 문턱에 위태롭게 올려놓은 등잔이 개똥벌레처럼 가물거리고 있었다. 윗방 아랫목에는 딸애가 반듯이 누워서 잠이 들었다. 담요를 몸에다 돌돌 말고 반듯이 누운 것이 꼭 송장 같았다. 그 옆에 철호의 아내가 두 무릎을 꿇고 앉아 있었다. 꺼먼 헝겊과 회색 헝겊으로 기운 담요바지 무릎 위에는 빨강색 유단으로 만든 조그마한 운동화가 한 켤레 놓여 있었다. 철호가 방 안에 들어서자 아내는 그 어린애의 빨간 신발을 모두어 자기 손바닥에 올려놓아 철호에게 들어 보였다.

　"삼촌이 사왔어요."

　유난히 살눈썹이 긴 아내의 눈이 가늘게 웃었다. 참으로 오래간만에 보는 아내의 웃음이었다. 자기가 미인이었다는 것을 잊어버리고 만 지 오랜 아내처럼 또 오래 보지 못하여 거의 잊어버려가던 아내의 웃는 얼굴이었다.

　철호는 등잔이 놓인 문턱 가까이 가서 앉으며 아내의 손

에서 빨간 어린애의 신발을 받아 눈앞에서 아래위를 살펴보았다.

"산보 갔었소?"

거기 등잔불을 사이에 두고 윗방을 향해 앉은 철호의 동생 영호(英浩)가 웃으며 철호를 쳐다보았다.

"언제 들어왔니."

"지금 막 들어와 앉은 길입니다."

그러고 보니 영호는 아직 넥타이도 끄르지 않고 있었다.

"형님!"

새삼스레 부르는 동생의 소리에 철호는 손에 들었던 어린애의 신발을 아내에게 돌리며 영호의 얼굴을 빤히 바라보았다.

"이제 우리두 한번 살아봅시다. 남 다 사는데 우리라구 밤낮 이렇게만 살겠수, 근사한 양옥도 한 채 사구, 장기판만한 문패에다 형님의 이름 석 자를, 제길 장님도 보게 써서 대못으로 땅땅 때려박구 한번 살아봅시다."

군대에서 나온 지 이 년이 넘도록 아직 직업도 못 잡은 영호가 언제나 술만 취하면 하는 수작이었다.

"그리구 이천만 환짜리 세단차도 한 대 삽시다. 거기다 똥통이나 싣고 다니게. 모든 새끼들이 아니꼬워서. 일이야 있건 없건 빵빵 울리면서 동리를 들락날락해야지. 제길, 하하하."

비스듬히 벽에 기대어앉은 영호는 벌겋게 열에 뜬 얼굴을 하고 담배 연기를 푸 내뿜었다.

"또 술 마셨구나."

고학으로 고생고생 다니던 대학 삼학년에 군대에 들어갔다가 나온 영호로서는 특별한 기술이 없어 직업을 잡지 못하는 것은 별 도리도 없는 노릇이라 칠 수도 있었지만, 이건 어디서 어떻게 마시는 것인지 거의 저녁마다 이렇게 취해 들어오는 동생 영호가 몹시 못마땅한 철호의 말이었다.

"네, 조금 했습니다. 친구들이……."

그것도 들으나마나 늘 같은 대답이었다. 또 그것이 거짓말이 아니라는 것도 철호는 알고 있었다.

"이제 술 좀 그만 마셔라."

"친구들과 어울리면 자연히 마시게 되는 걸요."

"글쎄 그러니까 그 어울리는 걸 좀 삼가란 말이다."

"그럴 수도 없구요. 하하하."

"그렇다고 언제까지 그저 그렇게 어울려서 술이나 마시면 뭐가 되나."

"되긴 뭐가 돼요. 그저 답답하니까 만나는 거구, 만나면 어찌어찌하다 한잔씩 하며 이야기나 하는 거죠 뭐."

"글쎄 그게 맹랑한 일이란 말이다."

"그렇지만 형님. 그런 친구들이라도 있다는 게 좋지 않수. 그게 시시한 친구들이라 해도. 정말이지 그놈들마저 없었더라면 어떻게 살 뻔했나 하고 생각할 때가 많아요. 외팔이, 절름발이, 그런 놈들. 무식한 놈들. 참 시시한 놈들이지요. 죽다 남은 놈들. 그렇지만 형님, 그놈들 다 착한 놈들이야요. 최소한 남을 속이지는 않거든요. 공갈을 때릴망정. 하하하하. 전우 전우."

영호는 고개를 뒤로 젖히고 천장을 향해 후 담배 연기를 내뿜었다. 철호는 그저 물끄러미 영호의 모습을 쳐다볼 뿐 아무 말도 없었다. 영호는 여전히 천장을 향한 채 피어오르는 연기를 바라보며 한 손으로 목의 넥타이를 앞으로 잡아당겨 풀어 늦추어놓았다.

"가자!"

아랫목에서 어머니가 소리를 질렀다.

영호는 슬그머니 아랫목으로 고개를 돌렸다. 한참이나 그렇게 어머니 쪽으로 고개를 돌리고 있는 영호는 아무 말도 없이 그저 눈만 껌뻑껌뻑하고 있었다.

철호는 길게 한숨을 쉬었다. 앞에 놓인 등잔불이 거물거물 춤을 추었다. 철호는 저고리 호주머니에서 담배를 꺼내었다. 꼬깃꼬깃 구겨진 파랑새 갑 속에서 담배를 한 개비 뽑아내었다. 바삭바삭 마른 담배는 양끝이 반쯤 빠져나갔다. 철호는 그 양끝을 비벼 말았다. 흡사 비과 모양으로 되었다. 철호는 그 비과 모양의 담배 한 끝을 입에다 물었다.

"이걸 피슈. 형님."

영호가 자기 앞에 놓였던 담뱃갑을 집어서 철호의 앞으로 내밀었다. 빨간색 양담뱃갑이었다. 철호는 그 여느 것보다 좀 긴 양담뱃갑을 한 번 힐끔 쳐다보았을 뿐, 아무 소리도 없이 등잔불로 입에 문 파랑새 끝을 가져갔다. 영호는 등잔불 위에 꾸부린 형 철호의 어깨를 넌지시 바라보고 있었다. 지지지 소리가 났다. 앞이마에 흐트러져 내렸던 철호의 머리카락이 등잔불에 타며 또르르 끝이 말려올랐다. 철호는 얼굴을 들었다. 한 모금 빨자 벌써 손끝이 따갑게 꽁초가 되어버린 담배를 입에서 떼었다. 천천히 연기를 내뿜는 철호의 미간에는 세로 석 줄의 깊은 주름이 패었다. 영호는 들었던 담뱃갑을 도로 방바닥에 내려놓았다. 그리고 조용히 등잔불로 시선을 떨구었다. 그의 입가에는 야릇한 웃음이 —— 애달픈, 아니 그 누군가를 비웃는 듯한 그런 미소가 천천히 흘러 지나갔다.

한참 동안 아무도 말이 없었다.

"가자!"

아랫방 아랫목에서 몸을 뒤척이는 어머니가 잠꼬대를 했다. 어머니는 이제 꿈속에서마저 생활을 잃어버린 모양이었다. 아주 낮은 그 소리는 한숨처럼 느리게 아래윗방에 가득 차 흘러 사라졌다.

여전히 아무도 말이 없었다.

철호는 꽁초를 손끝에 꼬집어 쥔 채 넋빠진 사람처럼 가물거리는 등잔불을 지켜보고 있었고, 동생 영호는 비스듬히 벽에 기대어앉은 채 철호의 손끝에서 타고 있는 담배 꽁초를 바라보고 있었으며, 철호의 아내는 잠든 딸애의 머리맡에 가지런히 놓인 빨간 신발을 요리조리 매만지고 있었다.

"가자!"

또 한 번 어머니의 소리가 저 땅 밑에서 새어나오듯이 들려왔다.

"형님은 제가 이렇게 양담배를 피우는 게 못마땅하지요?"

영호는 반쯤 탄 담배를 자기의 눈앞에 가져다 그 빨간 불티를 들여다보며 말했다.

"분에 맞지 않지."

철호는 여전히 등잔불을 바라보며 대답했다.

"그렇지만 형님. 형님은 파랑새와 양담배 두 가지 중에서 어느 것이 더 좋으슈?"

"……? 그야 양담배가 좋지. 그래서?"

그래서 너는 보리밥도 못 버는 녀석이 그래 좋은 것은 알아서 양담배를 피우는 거냐 하는 철호의 눈초리가 번뜩 영호의 면상을 때렸다.

"그래서 전 양담배를 택했어요."

"뭐가?"

"형님은 절 오해하고 계세요."

"……?"

"제가 무슨 돈이 있어서 양담배를 사서 피우겠어요. 어쩌다 친구들이 사주는 것이니 피우는 거지요. 형님은 또 제가 거의 저녁마다 술을 마시고 또 제법 합승을 타고 들어오는 것도 못마땅하시죠. 저도 알고 있어요. 형님은 때때로 이십오 환 전찻값도 없어서 종로서 근 십 리를 집에까지 터덜터덜 걸어서 돌아오시는 것을. 그렇지만 형님이 걸으신다고 해서, 한사코 같이 타고 가자는 친구들의 호의, 아니 그건 호의도 채 못 되는 싱거운 수작인지도 모르죠. 어쨌든 그것을 굳이 뿌리치고 저마저 걸어야 할 아무 까닭도 없지 않습니까? 이상한 놈들이죠. 술 담배는 사주고 합승은 태워줘도 돈은 안 주거든요."

영호는 손끝으로 뱅글뱅글 비벼 돌리는 담뱃불을 들여다보며 말했다.

"어쨌든 너도 이젠 좀 정신 차려줘야지. 벌써 군대에서 나온 지도 이태나 되지 않니."

"정신 차려야죠. 그렇지 않아도 이 달 안으로는 어찌 되든 간에 결판을 내구 말 생각입니다."

"어디 취직을 해야지."

"취직이요? 형님처럼요? 전찻값도 안 되는 월급을 받고 남의 살림이나 계산해주란 말이지요?"

"그럼 뭐 별 뾰족한 수가 있는 줄 아니."

"있지요. 남처럼 용기만 조금 있으면."

"……?"

어처구니없는 영호의 수작에 철호는 그저 멍청하니 영호의 얼굴을 쳐다보았다. 손끝이 따가웠다. 철호는 비르 깡통으로 만든 재떨이에 담배를 비벼 껐다.

"용기?"

"네, 용기."

"용기라니."

"적어도 까마귀만한 용기만이라도 말입니다. 영리할 필요는 없더군요. 우둔해도 상관없어요. 까마귀는 도무지 허수아비를 무서워하지 않습니다. 참새처럼 영리하지 못한 탓으로 그놈의 까마귀는 애당초 허수아비를 무서워할 줄조차 모르거든요."

영호의 입가에는 좀 전에 파랑새 꽁초에다 불을 댕기는 철호를 바라보던 때와 같은 야릇한 웃음이 또 소리없이 감돌고 있었다.

"너. 설마 무슨 엉뚱한 계획을 세우고 있는 것은 아니겠지."

철호는 약간 긴장한 얼굴로 영호를 바라보며 꿀꺽 하고 침을 삼켰다.

"아니오. 엉뚱하긴 뭐가 엉뚱해요. 그저 우리들도 남들처럼 다 벗어던지고 홀가분한 몸차림으로 달려보자는 것이죠 뭐."

"벗어던지고?"

"네. 벗어던지고. 양심이고, 윤리고, 관습이고, 법률이고, 다 벗어던지고 말입니다."

영호의 큰 두 눈이 유난히 빛나는가 하자 철호의 눈을 정면으로 밀고 들었다.

"양심이고, 윤리고, 관습이고, 법률이고?"

"……."

"너는. 너는……."

영호는 아무 대답도 하지 않았다. 그러나 눈만은 똑바로 형 철호를 쳐다보고 있었다.

"그렇게나 살자면 이 형도 벌써 잘살 수 있었다."

철호의 목소리는 떨리고 있었다.

"그렇게나라니요?"

"양심을 버리고, 윤리와 관습을 무시하고, 법률까지도 범하고?!"

흥분한 철호의 큰 목소리에 영호는 지금까지 철호의 얼굴에 주었던 시선을 앞으로 죽 뻗치고 앉은 자기의 발끝으로 떨구었다.

"저도 형님을 존경하고 있어요. 고생하시는 형님을. 용케 이 고생을 참고 견디는 형님을. 그렇지만 형님은 약한 사람이야요. 용기가 없는 거지요. 너무 양심이 강해요. 아니 어쩌

면 사람이 약하면 약한 만치, 그만치 반대로 양심이란 가시
는 여물고 굳어지는 것인지도 모르죠."

"양심이란 가시?"

"네. 가시지요. 양심이란 손끝의 가십니다. 빼어버리면 아
무렇지도 않은데 공연히 그냥 두고 건드릴 때마다 깜짝깜짝
놀라는 거야요. 윤리요? 윤리. 그건 나이롱 빤쯔 같은 것이
죠. 입으나마나 불알이 덜렁 비쳐 보이기는 매한가지죠. 관
습이요? 그건 소녀의 머리 위에 달린 리본이라고나 할까요?
있으면 예쁠 수도 있어요. 그러나 없대서 뭐 별일도 없어요.
법률? 그건 마치 허수아비 같은 것입니다. 허수아비. 덜 굳
은 바가지에다 되는대로 눈과 코를 그리고 수염만 크게 그린
허수아비. 누더기를 걸치고 팔을 쩍 벌리고 서 있는 허수아
비. 참새들을 향해서는 그것이 제법 공갈이 되지요. 그러나
까마귀쯤만 돼도 벌써 무서워하지 않아요. 아니 무서워하기
는커녕 그놈의 상투 끝에 턱 올라앉아서 썩은 흙을 쑤시던
더러운 주둥이를 쓱쓱 문질러도 별일 없거든요. 흥."

영호는 코웃음을 쳤다. 그리고 거기 문턱 밑의 담뱃갑에서
새로 담배를 한 개 빼어물고 지금까지 들고 있던 다 탄 꽁다
리에서 불을 옮겨 빨았다.

"가자!"

어머니의 그 소리가 또 들렸다. 어머니는 분명히 잠이 들
어 있는 것이었다. 그러면서도 간간이 저렇게 가자 가자 소
리를 지르는 것이었다. 그것은 어쩌면 어머니에게는 호흡처
럼 생리화해버린 것인지도 몰랐다.

철호는 비스듬히 모로 앉은 동생 영호의 옆얼굴을 한참이

나 노려보고 있었다. 영호는 영호대로 퀭한 두 눈으로 깜박이기를 잊어버린 채 아까부터 앞으로 뻗친 자기의 발끝을 바라보고 있었다. 이윽고 철호는 영호에게서 눈을 돌려버렸다. 그리고 아랫방과 윗방 사이 칸막이를 한 널쪽에 등을 기대며 모로 돌아앉았다. 희미한 등잔불빛에 잠든 딸애의 조그마한 얼굴이 애처로웠다. 그 어린것 옆에 앉은 철호의 아내는 왼쪽 무릎을 세우고 그 위에 손을 펴 깔고 턱을 괴었다. 아까부터 철호와 영호, 형제가 하는 말을 조용히 듣고만 있는 그네는 무엇을 생각하고 있는지 한쪽 손끝으로 거기 방바닥에 가지런히 놓인 빨간 어린애의 신발만 몇 번이고 쓸어보고 있었다.

철호는 고개를 푹 떨구어 턱을 가슴에 묻었다. 영호는 새로 피워 문 담배를 연거푸 서너 번 들이빨았다. 그리고 또 말을 계속하였다.

"저도 형님의 그 생활 태도를 잘 알아요. 가난하더라도 깨끗이 살자는. 그렇지요, 깨끗이 사는 게 좋지요. 그런데 형님 하나 깨끗하기 위하여 치르는 식구들의 희생이 너무 어처구니 없이 크고 많단 말입니다. 헐벗고 굶주리고. 형님 자신만 해도 그렇죠. 밤낮 쑤시는 충치 하나 처치 못 하시고. 이가 쑤시면 치과에 가서 치료를 하거나 빼어버리거나 해야 할 것 아니야요. 그런데 형님은 그것을 참고 있어요. 낯을 잔뜩 찌푸리고 참는단 말입니다. 물론 치료비가 없으니까 그러는 수밖에 없겠지요. 그겁니다. 바로 그겁니다. 그 돈을 어떻게든지 구해야죠. 이가 쑤시는데 그럼 어떻게 해요. 그걸 형님처럼, 마치 이 쑤시는 것을 참고 견디는 그것이 돈을 —— 치료비를 —— 버는 것이기나 한 것처럼 생각하는 것. 안 쓰는 것은 혹 버는 셈이 된다고 할 수도 있을 거야요. 그렇지만 꼭 써야 할 데 못 쓰는 것이 버는 셈이라고는 할 수 없지 않아요. 세상에는 이런 세 층의 사람들이 있다고 봅니다. 즉 돈을 모으기 위해서만 필요 이상의 돈을 버는 사람과, 필요하니까 그 필요한 만치의 돈을 버는 사람과, 또 하나는 이건 꼭 필요한 돈도 채 못 벌고서 그 대신 생활을 조리는 사람들. 신발에다 발을 맞추는 격으로. 형님은 아마 그 맨 끝의 층에 속하겠지요. 필요한 돈도 미처 벌지 못하는 사람. 깨끗이 살자니까 그럴 수밖에 없다고 하시겠지요. 그래요. 그것은 깨끗하기는 할지 모르죠. 그렇지만 그저 그것뿐이지요. 언제까지나 충치가 쏘아 부은 볼을 싸쥐고 울상일 수밖에 없지요. 그렇지 않습니까? 그야 형님! 인생이 저 골목에서 십 환짜리를 받고 코흘리는 어린애들에게 보여주는 요지경이라면야 자기가 가지고 있는 돈값만치 구멍으로 들여다보고 말 수도 있겠지요. 그렇지만 어디 인생이 자기 주머니 속의 돈 액수만치만 살고 그만두고 싶으면 그만둘 수 있는 요지경인가요 어디. 돈만치만 먹고 말 수 있는 그런 편리한 목구멍인가요 어디. 싫어도 살아야 하니까 문제지요. 사실이지 자살을 할 만치 소중한 인생도 아니고요. 살자니까 돈이 필요하구요. 필요한 돈이니까 구해야죠. 왜 우리라고 좀더 넓은 테두리, 법률선(法律線)까지 못 나가란 법이 어디 있어요. 아니 남들은 다 벗어 던지구 법률선까지도 넘나들면서 사는데, 왜 우리들만이 옹색한 양심의 울타리 안에서 숨이 막혀야 해요. 법률이란 뭐야요. 우리들이 피차에 약속한 선이 아니야요?"

영호는 얼굴을 번쩍 들며 반쯤 끌러놓았던 넥타이를 마저 끌러서 방 구석에 픽 던졌다.

철호는 여전히 턱을 가슴에 푹 묻은 채 묵묵히 앉아 두 짝 다 엄지발가락이 몽땅 밖으로 나온 뚫어진 양말을 내려다보고 있었다. 나일론 양말을 한 켤레 사면 반 년은 무난히 뚫어지지 않고 견딘다는 말을 들었다. 그러나 뻔히 알면서도 번번이 백 환짜리 무명 양말을 사들고 들어오는 철호였다. 칠백 환이란 돈을 단번에 잘라낼 여유가 도저히 없는 월급이었던 것이다.

"가자!"

어머니는 또 몸을 뒤척였다.

"그건 억설이야."

철호는 천천히 고개를 들었다. 신문지를 바른 맞은편 벽에, 쭈그리고 앉은 아내의 그림자가 커다랗게 비쳐 있었다. 꼽추처럼 꼬부리고 앉은 아내의 그림자는 헝클어진 머리카락이 괴물스러웠다. 철호는 눈을 감았다. 머리마저 등 뒤 칸막이 반자에 기대었다.

철호의 감은 눈앞에 십여 년 전 아내가 흰 저고리 까만 치마를 입고 선히 나타났다. 무대에 나선 그네는 더욱 예뻤다. E여자대학 졸업음악회였다. 노래가 끝나자 박수소리가 그칠 줄을 몰랐다. 그날 저녁 같이 거리를 거닐던 그네는 정말 싱싱하고 예뻤다. 그러나 지금 철호 앞에 쭈그리고 앉은 아내는 그때의 그네가 아니었다. 무슨 둔한 동물처럼 되어버린 그네. 이제 아무런 희망도 가져보려고 하지 않는 아내. 철호는 가만히 눈을 떴다. 그래도 아내의 속눈썹만은 전처럼 까

많고 길었다.

"가자!"

철호는 흠칫 놀라 환상에서 깨어났다.

"억설이요? 그런지도 모르죠."

한참이나 잠잠하니 앉아 까물거리는 등잔불을 바라보던 영호의 맥빠진 대답이었다.

"네 말대로 한다면 돈 있는 사람들은 다 나쁜 사람이란 말밖에 더 되나 어디."

"아니죠. 제가 어디 나쁘고 좋고를 가렸어요. 나쁘긴 누가 나빠요? 왜 나빠요? 아 잘사는 게 나빠요? 도시 나쁘고 좋고부터 따질 아무런 선도 없지요 뭐."

"그렇지만 지금 네 말로는 잘살자면 꼭 양심이고 윤리고 뭐고 다 버려야 한다는 것이 아니고 뭐야."

"천만에요. 잘못 이해하신 겁니다. 간단히 말씀드리면 이렇다는 것입니다. 즉 양심껏 살아가면서 잘살 수도 있기는 있다. 그러나 그것은 극히 적다. 거기에 비겨서 그 시시한 것들을 벗어던지기만 하면 누구나 틀림없이 잘살 수 있다."

"그것이 바로 억설이란 말이다. 마음 한 구석이 어딘가 비틀려서 하는 억지란 말이다."

"글쎄요. 마음이 비틀렸다고요. 그건 아마 사실일지 모르겠어요. 분명히 비틀렸어요. 그런데 그 비틀리기가 너무 늦었어요. 어머니가 저렇게 미치기 전에 비틀렸어야 했지요. 한강철교를 폭파하기 전에 말입니다. 하나밖에 없는 누이동생 명숙이가 양공주가 되기 전에 비틀렸어야 했지요. 환도령(還都令)이 내리기 전에. 하다못해 동대문 시장에 자리라도 한자리 비었을 때 말입니다. 그러구 이놈의 배때기에 지금도 무슨 내장이기나 한 것처럼 박혀 있는 파편(破片)이 터지기 전에 말입니다. 아니 그보다도 더 전에, 제가 뭐 무슨 애국자 나처럼 남들은 다 기피하는 군대에 어머니의 원수를 갚겠노라고 자원하던 그 전에 말입니다."

"……."

"……그보다도 더 전에 썩 전에 비틀렸어야 했을지 모르죠. 나면서부터 비틀렸더라면 더 좋았을지도 모르죠."

영호는 푹 고개를 떨구었다. 길게 한숨을 내쉬었다. 그 한숨이 후르르 떨고 있었다. 철호는 한참 동안 아무 말도 하지 않았다. 윗목에 앉아 있던 철호의 아내가 방바닥에 떨어진 눈물을 손끝으로 장난처럼 문지르고 있었다. 영호도 훌쩍훌쩍 코를 들이켜고 있었다.

"그렇지만 인생이란 그런 게 아니야. 너는 아직 사람이란 어떻게 살아야만 하는 것인지조차도 모르고 있어."

"그래요. 사람이란 과연 어떻게 살아야 하는 것인지는 정말 모르겠어요. 그렇지만 이제 이 물고 뜯고 하는 마당에서 살자면, 생명만이라도 유지하자면 어떻게 해야 할는지는 알 것 같애요. 허허."

영호는 눈물이 글썽하니 고인 눈을 천장을 향해 쳐들며 자기 자신을 비웃듯이 허허 하고 웃었다.

"가자!"

또 어머니는 가자고 했다. 영호는 아랫목으로 눈을 돌렸다. 철호는 길게 한숨을 쉬었다. 앞의 등잔불이 크게 흔들거렸다. 방 안의 모든 그림자들이 움직였다. 집 전체가 그대로 기울거리는 것 같았다. 그것뿐 조용했다. 밤이 꽤 깊은 모양이었다. 세상이 온통 잠들고 있었다.

저만치 골목 밖에서부터 딱 딱 딱 딱 구둣발 소리가 뾰족하게 들려왔다. 점점 가까워왔다. 바로 아랫방 문 앞에서 멎었다. 영호는 문께로 얼굴을 돌렸다. 삐걱삐걱 두어 번 비틀리던 방문이 열렸다. 여동생 명숙이가 들어섰다. 싱싱한 몸매에 까만 투피스가 제법 어느 회사의 여사무원 같았다.

"늦었구나."

영호가 여전히 두 다리를 쭉 뻗고 앉은 채 고개만 뒤로 젖혀서 명숙을 쳐다보았다.

명숙은 영호의 말에 아무런 대꾸도 없이 돌아서서 문 밖에서 까만 하이힐을 집어올려 아랫방 모서리에 들여놓았다. 그리고 백을 홱 방 구석에 던졌다. 겨우 윗저고리와 스커트를 벗어 걸은 명숙은 아랫방 뒷구석에 가서 털썩 하고 쓰러지듯 가로누워버렸다. 그리고 거기 접어놓은 담요를 끌어다 머리 위에서부터 푹 뒤집어썼다.

철호는 명숙을 거들떠보지도 않고 덤덤히 등잔불만 지켜보고 있었다.

철호는 언젠가 퇴근하던 길에 전차 창문 밖에서 본 명숙의 꼴을 생각하고 있는 것이었다.

철호가 탄 전차가 을지로 입구 십자거리에서 머물러 신호를 기다리고 있었다. 손잡이를 붙들고 창을 향해 서 있던 철호는 무심코 밖을 내다보았다. 전차 바로 옆에 미군 지프차가 한 대 와 섰다. 순간 철호는 확 낯이 달아올랐다.

핸들을 쥔 미군 바로 옆자리에 색안경을 쓴 한국 여자가

앉아 있었다. 그것이 바로 명숙이었던 것이다. 바로 철호의
턱 밑에서였다. 역시 신호를 기다리는 그 지프차 속에서 미
군은 한 손은 핸들에 걸치고 또 한 팔로는 명숙의 허리를 넌
지시 끌어안는 것이었다. 미군이 명숙의 얼굴을 들여다보며
뭐라고 수작을 걸었다. 명숙은 다리를 겹치고 앉은 채 앞을
바라보는 자세 그대로 고개를 까딱거렸다. 그 미군 지프차
저편에 와 선 택시 조수가 명숙이와 미군을 쳐다보며 피시시
웃었다. 전찻간에서도 마찬가지였다. 철호 바로 옆에 나란히
서 있던 청년들이 쑥덕거렸다.

"그래도 멋은 부렸네."

"멋? 그래 색안경을 썼으니 말이지?"

"저것도 시집을 갈까?"

"흥."

철호는 손잡이를 놓았다. 그리고 반대편 가운데 문께로 가
서 돌아서고 말았다. 그것은 분명히 슬픈 감정만은 아니었
다. 뭐라고 말할 수조차 없는 숯덩어리 같은 것이 꽉 목구멍
을 치밀었다. 정신이 아뜩해지는 것 같았다. 하품을 하고 난
뒤처럼 콧속이 싸하니 쓰리면서 눈물이 징 솟아올랐다. 철호
는 앞에 있는 커다란 유리를 콱 머리로 받아 부수고 싶은 충
동을 느끼며 어금니를 꽉 맞섭었다. 찌르르 벨이 울렸다. 덜
커덩 전차가 움직였다. 철호는 문짝에 어깨를 가져다 기대고
눈을 감아버렸다.

그날부터 철호는 정말 한 마디도 누이동생 명숙이와 말을
하지 않았다. 또 명숙이도 철호를 본체만체였다.

"자 우리도 이제 잡시다."

영호가 가슴을 펴서 내어밀며 바로 앉았다.

등잔불을 끄고 두 방 사이의 문을 닫았다.

폭 가라앉은 것같이 피곤했다. 그러면서도 철호는 정작 잠을 이룰 수는 없었다. 밤은 고요했다. 시간이 그대로 흐르기를 멈추어버린 것같이 조용했다. 철호의 아내도 이제 잠이 들었나보다. 앓는 소리를 내었다. 철호는 눈을 감았다. 어딘가 아득히 먼 것을 느끼고 있었다. 철호도 잠이 들어가고 있었다.

"가자!"

다들 잠든 밤의 그 어머니의 소리는 엉뚱하게 컸다. 철호는 흠칫 눈을 떴다. 차츰 눈이 어둠에 익어갔다. 며칠인가, 문 틈으로 새어든 달빛이 철호의 옆에서 잠든 딸애의 머리에서부터 발끝까지 죽 파란 줄을 그었다. 철호는 다시 눈을 감았다. 길게 한숨을 쉬며 벽을 향해 돌아누웠다.

"가자!"

또 어머니가 소리를 질렀다. 그러나 철호는 눈을 뜨지 않았다. 그도 마저 잠이 들어버린 것이었다.

그런데 이번에는 아랫방에서 명숙이가 눈을 떴다. 아랫목의 어머니와 윗목의 오빠 영호 사이에 누운 명숙은 어둠 속에 가만히 손을 내어밀었다. 어머니의 손을 더듬어 잡았다. 뼈 위에 겨우 가죽만이 씌워진 손이었다. 그 어머니의 손에서는 체온이 느껴지는 것이 아니라 축축이 습기가 미끈거렸다. 명숙은 어머니 쪽을 향하여 돌아누웠다. 한쪽 손을 마저 내밀어서 두 손으로 어머니의 송장 같은 손을 감싸쥐었다.

"가자!"

딸의 손을 느끼는지 못 느끼는지 어머니는 또 한 번 허공을 향해 가자고 소리 질렀다.

"엄마!"

명숙이의 낮은 소리였다. 명숙은 두 손으로 감싸쥔 어머니의 여윈 손을 가만히 흔들었다.

"가자!"

"엄마!"

기어이 명숙은 흐느끼기 시작하였다. 명숙은 어머니의 손을 끌어다 자기의 입을 틀어막았다.

"엄마!"

숨을 죽여가며 참는 명숙의 울음은 한숨으로 바뀌며 어머니의 손가락을 입 안에서 잘근잘근 씹어보는 것이었다.

"겁내지 마라."

옆에서 영호가 잠꼬대를 했다.

"가자!"

어머니는 명숙의 손에서 자기의 손을 빼어가지고 저쪽으로 돌아누워버렸다.

명숙은 다시 담요를 끌어다 머리 위까지 푹 썼다. 그리고 담요 속에서 흐득흐득 울고 있었다.

"엄마."

이번엔 윗방에서 어린것이 엄마를 불렀다.

철호는 잠속에서 멀리 그 소리를 들었다. 그러면서도 채 잠이 깨지는 않았다.

"엄마."

어린것은 또 한 번 엄마를 불렀다.

"오오, 왜. 엄마 여기 있어."

아내의 반쯤 깬 소리였다. 어린것을 끌어다안는 모양이었다. 철호는 그 소리를 멀리 들으며 다시 곤히 잠들어버렸다.

"오줌."

"오. 오줌 누겠니. 자 일어나. 착하지."

철호의 아내는 일어나 앉으며 어린것을 안아일으켰다. 구석에서 깡통을 끌어다 대어주었다.

"참, 삼춘이 네 신발 사왔지. 아주 예쁜 거. 볼래?"

깡통을 타고 앉은 어린것을 뒤에서 안아주고 있던 철호의 아내는 한 손으로 어린것의 베개맡에 놓아두었던 신발을 집어다 보여주었다. 희미하게 달빛이 들이비쳤을 뿐인 어두운 방 안에서는 그것은 그저 겨우 모양뿐 색채를 잃고 있었다.

"내거야? 엄마."

"그래. 네거야."

"참 예뻐. 빨강이야."

"예뻐?"

"응……."

어린것은 잠에 취한 소리로 물으며 신발을 두 손에 받아 가슴에 안았다.

"자 이제 거기 놔두고 자야지."

"응, 낼 신어도 돼?"

"그럼."

어린것은 오물오물 담요 속으로 파고 들어갔다.

"엄마. 낼 신어도 돼?"

"그럼."

뭐든가 좀 좋은 것은 아껴야 한다고만 들어오던 어린것은 또 한 번 이렇게 다짐하는 것이었다.

아내는 어린것의 담요 가장자리를 꼭꼭 눌러주고 나서 그 옆에 누웠다.

다들 다시 잠이 들었다. 어느 사이에 달빛이 비껴서 칼날 같은 빛을 철호의 가슴으로 옮겼다. 어린것이 부시시 머리를 내밀었다. 배를 깔고 엎드렸다. 어린것은 조그마한 손을 베개 너머로 내밀었다. 거기 가지런히 놓아둔 신발을 만져보았다. 어린것은 안심한 듯이 다시 베개를 베고 누웠다. 또다시 조용해졌다. 한참만에 또 어린것이 움직거렸다. 잠이 든 줄만 알았던 어린것은 또 엎드렸다. 머리맡의 신발을 또 끌어당겼다. 조그마한 손가락으로 신발 코를 꼭 눌러보았다. 그러고는 이번에는 아주 자리 위에 일어나 앉았다. 신발을 무릎 위에 들어 올려놓았다. 달빛에다 신발을 들이대어 보았다. 바닥을 뒤집어보았다. 두 짝을 하나씩 두 손에 갈라들고 고무바닥을 맞대어보았다. 이번엔 신발을 앞으로 내놓았다. 가만히 신발을 가져다 신었다. 앉은 채로 꼭 방바닥을 디디어보았다.

"가자!"

어린것은 깜짝 놀랐다. 얼른 신발을 벗었다. 있던 자리에 도로 모아놓았다. 그리고 한 번 더 신발을 바라보고 난 어린것은 살그머니 누웠다. 오물오물 담요 속으로 기어들어갔다.

점심을 못 먹은 배는 오후 두 시에서 세 시 사이에 제일 견디기 힘들었다. 철호는 펜을 장부 위에 놓았다. 저쪽 구석에 돌아앉은 사환애를 바라보았다. 보리차라도 한 잔 더 마시고 싶었다. 그러나 두 잔까지는 사환애를 시켜서 가져오랄 수 있었으나 세 번까지는 부르기가 좀 미안했다. 철호는 걸상을 뒤로 밀고 일어섰다. 책상 모서리에 놓인 차종(茶鍾)을 집어 들었다. 그리고 출입문으로 나갔다. 복도의 풍로 위에서 커다란 주전자가 끓고 있었다. 보리차를 차종 하나 가득히 부었다. 구수한 냄새가 피어올랐다. 철호는 뜨거운 차종을 손가락으로 꼬집어 들고 조심조심 자기 자리로 돌아와 앉았다. 그리고 차종을 입으로 가져갔다. 후 불었다. 막 한 모금 들이마실 때였다.

"송 선생님, 전화입니다."

사환애가 책상 앞에 와 알렸다. 철호는 얼른 차종을 책상 위에 내려놓았다. 그리고 과장 책상 앞으로 갔다. 수화기를 들었다.

"네, 송철호올시다. 네? 경찰서요?……. 전 송철호라는 사람인데요? 네? 송영호요? 네? 바로 제 동생입니다. 무슨?……네? 네? 송영호가요? 제 동생이 말입니까? 곧 가겠습니다. 네 네."

철호는 수화기를 걸었다. 그리고 걸어놓은 수화기를 멍하니 내려다보고 서 있었다. 사무실 안 사람들의 시선이 모두 철호에게로 쏠렸다.

"무슨 일인가. 동생이 교통사고라도?"

서류를 뒤적이던 과장이 앞에 서 있는 철호를 쳐다보며 말했다.

"네? 네, 저 과장님. 잠깐 다녀오겠습니다."

철호는 마시던 보리차를 그대로 남겨둔 채 사무실을 나섰다. 영문을 모르는 동료들이 서로 옆의 사람의 얼굴을 흘끗 쳐다보는 것이었다.

철호는 전에도 몇 번 경찰서의 호출을 받은 일이 있었다.

양공주 노릇을 하는 누이동생 명숙이가 걸려들면 그 신원 보증을 해야 하는 철호였다. 그때마다 철호는 치안관 앞에서 낯을 못 들고 앉았다가 순경이 앞세우고 나온 명숙을 데리고 아무 말도 없이 경찰서 뒷문을 나서곤 하였다. 그럴 때면 철호는 울었다. 하나밖에 없는 누이동생이 정말 밉고 원망스러 웠다. 철호는 명숙을 한 번 돌아다보는 일도 없이 전찻길을 따라 사무실로 걸었고, 또 명숙은 명숙이대로 적당한 곳에서 마치 낯도 모르는 사람이나처럼 딴길로 떨어져 가버리곤 하는 것이었다.

그런데 이번에는 누이동생이 아니라 남동생 영호의 건이 라고 했다. 며칠 전 밤에 취해서 지껄이던 영호의 말들이 머 리를 스치고 지나갔다. 불안했다. 그런들 설마하고 마음을 다시 먹으며 철호는 경찰서 문을 들어섰다.

권총강도.

형사에게서 동생 영호의 사건 내용을 들은 철호는 앞의 형 사의 얼굴을 바보처럼 멍청히 바라보고 있을 뿐이었다. 점점 핏기가 가셔가는 철호의 얼굴은 표정을 잃은 채 굳어가고 있 었다.

어느 회사에서 월급을 줄 돈 천오백만 환을 은행 앞에 대 기시켰던 지프차에 싣고 막 떠나려고 하는데 중절모를 깊숙 이 눌러쓰고 색안경을 낀 괴한 두 명이 차 속으로 올라오며 권총을 내어들더라는 것이었다.

"겁내지 마라! 차를 우이동으로 돌리라."

운전사와 또 한 명 회사원은 차가운 권총 구멍을 등에 느끼며 우이동까지 갔다고 한다. 어느 으슥한 숲속에서 차를 세웠다고 한다. 그러고는 둘이 다 차 밖으로 나가라고 한 다음, 괴한들이 대신 운전대로 옮아 앉더라고 한다. 운전수와 회사원은 거기 버려둔 채 차는 전속력으로 다시 시내로 향해 달렸단다. 그러나 지프차는 미아리도 채 못 와서 경찰에 붙들리고 말았다는 것이었다. 그런데 차 안에는 괴한이 한 사람밖에 없었다고 한다.

형사가 동생을 면회하겠느냐고 물었을 때도 철호는 그저 얼이 빠져서, 두 무릎 위에 손을 올려놓고 앉은 채 아무 대답도 못했다.

이윽고 형사실 뒷문이 열리더니 거기 영호가 나타났다.

"이리로 와."

수갑이 채워진 두 손을 배 앞에다 모으고 천천히 형사의 책상 앞으로 걸어나오는 영호는 거기 걸상에 앉았다 일어서는 철호를 향하여 약간 머리를 끄덕여 보였다. 동생의 얼굴을 뚫어져라고 바라보고 서 있는 철호의 여윈 볼이 히물히물 움직였다. 괴로울 때의 버릇으로 어금니를 꽉 꽉 씹고 있는 것이었다.

형사는 앞에 와서 선 영호에게 눈으로 철호를 가리켰다.

영호는 철호에게로 돌아섰다.

"형님, 미안합니다. 인정선(人情線)에 걸렸어요. 법률선까지는 무난히 뛰어넘었는데. 쏘아버렸어야 하는 건데."

영호는 철호의 얼굴을 들여다보며 빙그레 웃었다. 그러고
는 옆으로 비스듬히 얼굴을 떨구며 수갑을 채운 오른손 엄지
를 권총 방아쇠를 당길 때처럼 까불러서 지그시 당겨보는 것
이었다.

철호는 눈도 깜빡하지 않고 그저 영호의 머리카락이 흐트
러져 내린 이마를 바라보고 있었다.

"돌아가세요, 형님."

영호는 등신처럼 서 있는 형이 도리어 민망한 듯이 조용히
말했다.

"수감해."

형사가 문간에 지키고 서 있는 순경을 돌아보았다.

영호는 그에게로 오는 순경을 향해 마주 걸어갔다. 영호
는 뒷문으로 끌려나가다 말고 멈춰 섰다. 그리고 뒤를 돌아
보았다.

"형님. 어린것 화신 구경이나 한 번 시키세요. 제가 약속
했었는데."

뒷문이 쾅 닫혔다. 철호는 여전히 영호가 사라진 뒷문을
바라보고 서 있었다. 눈이 뿌옇게 흐려졌다. 아무것도 보이
지 않았다.

"쏠 의사는 처음부터 없었던 것 같은데."

조서를 한옆으로 밀어놓으며 형사가 중얼거렸다. 철호는
거기 걸상에서 가만히 걸터앉았다.

"혹시 그 같이 한 청년을 모르시나요."

철호의 귀에는 형사의 말소리가 아주 멀었다.

"끝내 혼자서 했다고 우기는데, 그러나 증인이 있으니까

이제 차츰 사실대로 자백하겠지만."

여전히 철호는 말이 없었다.

경찰서를 나온 철호는 어디를 어떻게 걸었는지 알 수 없었다. 철호는 술취한 사람처럼 허청거리는 다리로 집이 있는 언덕길을 올라가고 있었다. 철호는 골목길 어귀에 들어섰다.

"가자!"

철호는 거기 멈춰 섰다. 고개를 뒤로 젖혔다. 그러나 그는 하늘을 쳐다보는 것이 아니었다.

하 하고 숨을 크게 내쉬는 철호는 울고 있었다. 눈물이 콧속으로 흘러서 찝찔하니 목구멍으로 넘어갔다.

"가자. 가자. 어딜 가잔 거야. 도대체 어딜 가잔 거야."

철호는 꽥 소리를 지르고 있었다. 거기 처마 밑에 앉아서 소꿉질을 하던 어린애들이 부스스 일어서며 그를 쳐다보았다. 철호는 그 앞을 모른 체 지나쳐버렸다.

"오빤 어딜 그렇게 돌아다뉴."

철호가 아랫방에 들어서자 윗방 구석에서 고리짝을 열어 놓고 뒤지고 있던 명숙이가 역한 소리를 했다. 윗방에는 넝마 같은 옷가지들이 한 무더기 쌓여 있었다. 딸애는 고리짝 옆에 쪼그리고 앉아서 명숙이가 뒤져 내놓은 헌옷들을 무슨 진귀한 것이나처럼 지켜보고 있었다. 철호는 아내가 어딜 갔느냐고 물어보려다 말고 그대로 윗방 아랫목에 털썩 주저앉아버렸다.

"어서 병원에 가보세요."

명숙은 여전히 고리짝을 들추며 돌아앉은 채 말했다.

"병원엘?"

"그래요."

"병원에라니?"

"언니가 위독해요. 어린애가 걸렸어요."

"뭐가?"

철호는 눈앞이 아찔했다.

점심때부터 진통이 시작되었는데 영 해산을 못하고 애를 썼단다. 그런데 죽을 악을 쓰다보니까 어린애의 머리가 아니라 팔부터 나왔다고 한다. 그래 병원으로 실어갔는데, 철호네 회사에 전화를 걸었더니 나가고 없더라는 것이었다.

"지금쯤은 아마 애기를 낳았거나, 그렇지 않으면……."

명숙은 흰 헝겊들을 골라 개켜서 한옆으로 젖혀놓으며 말했다. 아마 어린애의 기저귀를 고르고 있는 모양이었다. 그런데 이상했다. 좀 전에 아찔하던 정신이 사르르 풀리며 온몸의 맥이 쑥 빠져나갔다. 철호는 오래간만에 머릿속이 깨끗이 개는 것을 느꼈다.

말라리아를 앓고 난 다음날처럼 맥은 하나도 없으면서 머리는 비상히 깨끗했다. 뭐 놀랄 일이 있느냐 하는 심정이 되었다. 마치 회사에서 무슨 사무를 한 뭉텅이 맡았을 때와 같은 심사였다. 철호는 호주머니에서 담배를 꺼내어 물었다. 언제나 새로 사무를 맡아 시작하기 전에 하는 버릇이었다. 철호는 일어섰다. 그리고 문을 열었다.

"어딜 가슈."

명숙이가 돌아보았다.

"병원에."

"무슨 병원인지도 모르면서."

철호는 참 그렇다고 생각했다.

"S병원이야요."

"……"

철호는 슬그머니 문 밖으로 한 발을 내디디었다.

"돈을 가지고 가야지 뭐."

"……돈."

철호는 다시 문 안으로 들어섰다. 우두커니 발부리를 내려 다보고 서 있었다. 명숙이가 일어섰다. 그리고 아랫방으로 내려갔다. 벽에 걸어놓았던 핸드백을 벗겼다.

"옛수."

백 환짜리 한 다발이 철호 앞 방바닥에 던져졌다. 명숙은 다시 돌아서서 백을 챙기고 있었다. 철호는 명숙의 뒷모습을 물끄러미 바라보고 있었다. 철호의 눈이 명숙의 발뒤축에 머물렀다. 나일론 양말이 계란만치 구멍이 뚫렸다. 철호는 명숙의 그 구멍 뚫린 양말 뒤축에서 어떤 깨끗함을 느끼고 있었다. 오래간만에 철호는 명숙에 대한 오빠로서의 애정을 느꼈다.

"가자."

어머니가 또 외마디 소리를 질렀다.

철호는 눈을 발밑의 돈다발로 떨구었다. 허리를 꾸부렸다. 연기가 든 때처럼 두 눈이 싸하니 쓰렸다.

"아버지 병원에 가? 엄마 애기 났어?"

"그래."

철호는 돈을 저고리 호주머니에 밀어넣으며 문을 나섰다.

"가자."

골목을 빠져나가는 철호의 등 뒤에서 또 한 번 어머니의 소리가 들려왔다.

아내는 이미 죽어 있었다.

"네, 그래요."

철호는 간호원보다도 더 심상한 표정이었다. 병원의 긴 복도를 휘청휘청 걸어서 널따란 현관으로 나왔다. 시체가 어디 있느냐고 묻지도 않았다. 무엇인가 큰일이 한 가지 끝났다는 그런 기분이었다. 아니 또 어찌 생각하면 무언가 해야 할 일이 생긴 것 같은 무거운 기분이기도 했다. 그러면서도 그 해야 할 일이 무엇인지는 좀처럼 생각이 나질 않았다. 그저 이제는 그리 서두를 필요도 없어졌다는 생각만으로 철호는 거기 병원 현관에 한참이나 우두커니 서 있었다.

이윽고 병원의 큰 문을 나선 철호는 전찻길을 따라서 천천히 걸었다. 자전거가 휙 그의 팔굽을 스치고 지나갔다. 그는 멈춰섰다. 자기도 모르게 그는 사무실 쪽으로 걸어가고 있었다. 여섯시도 더 지났을 무렵이었다. 이제 사무실로 가야 할 아무 일도 없었다. 그는 전찻길을 건넜다. 또 한참 걸었다. 그는 또 멈춰섰다. 이번엔 어느 사이에 낮에 왔던 경찰서 앞에 와 있었다. 그는 또 돌아섰다. 또 걸었다. 그저 걸었다. 집으로 돌아가자는 생각도 아니면서 그의 발길은 자동기계처럼 남대문 쪽을 향해 걷고 있었다. 문방구점. 라디오방. 사진관. 제과점. 그는 길가에 늘어선 이런 가게의 진열장들을 하나하나 기웃거리며 걷고 있었다. 그러면서도 무엇이 있는지 하나도 보이지는 않았다. 그러던 철호는 또 우뚝 섰다. 그는 거기 눈앞에 걸린 간판을 쳐다보고 있었다. 장기판만한 흰

판에 빨간 페인트로 치과라고 씌어져 있었다. 철호는 갑자기 이가 쑤시는 것을 느꼈다. 아침부터, 아니 벌써 전부터 홀떡홀떡 쑤시는 충치가 갑자기 아팠다. 양쪽 어금니가 아래위다 쑤셨다. 사실은 어느 것이 정말 쑤시는 것인지조차도 분간할 수가 없었다. 철호는 호주머니에 손을 넣어보았다. 만환 다발이 만져졌다.

철호는 치과 간판이 걸린 층계 이층으로 올라갔다.

치과 걸상에 머리를 젖히고 입을 아 벌리고 앉았다. 의사는 달가닥달가닥 소리를 내며 이것저것 여러 가지 쇠꼬치를 그의 입에 넣었다 꺼냈다 하였다. 철호는 매시근하니 잠이 왔다.

아무런 생각도 하지 않고 입을 크게 벌린 채 눈을 감고 있었다.

"좀 아팠지요? 뿌리가 꾸부러져서."

의사가 집게에 뽑아든 이를 철호의 눈앞에 가져다 보여주었다. 속이 시꺼멓게 썩은 징그러운 이뿌리에 뻘건 살점이 묻어나왔다. 철호는 솜을 입에 문 채 머리를 좌우로 흔들어 보였다. 사실 아프지도 아무렇지도 않았다.

"됐습니다. 한 삼십 분 후에 솜을 빼어버리슈. 피가 좀 나올 겁니다."

"이쪽을 마저 빼주십시오."

철호는 옆의 타구에 피를 뱉고 나서 또 한쪽 볼을 눌러 보았다.

"어금니를 한 번에 두 대씩 빼면 출혈이 심해서 안 됩니다."

"괜찮습니다."

"아니. 내일 또 빼지요."

"다 빼주십시오. 한몫에 몽땅 다 빼주십시오."

"안 됩니다. 치료를 해가면서 한 대씩 빼야지요."

"치료요? 그럴 새가 없습니다. 막 쑤시는 걸요."

"그래도 안 됩니다. 빈혈증이 일어나면 큰일납니다."

하는 수 없었다. 철호는 치과를 나왔다. 또 걸었다. 잇몸이 멍하니 아픈 것 같기도 하고 또 어찌하면 시원한 것 같기도 했다. 그는 한 손으로 볼을 쓸어보았다.

그렇게 얼마를 걷던 철호는 거기에서 또 치과 간판을 발견하였다. 역시 이층이었다.

"안 될 텐데요."

거기 의사도 꺼렸다. 철호는 괜찮다고 우겼다. 한쪽 어금니를 마저 빼었다. 이번에는 두 볼에다 다 밤알만큼씩한 솜덩어리를 물고 나왔다. 입 안이 찝찔했다. 간간이 길가에 나서서 피를 뱉었다. 그때마다 시뻘건 선지피가 간덩어리처럼 엉겨서 나왔다.

남대문을 오른쪽에 끼고 돌아서 서울역이 보이는 데까지 왔을 때 으스스 몸이 한 번 떨렸다. 머리가 띵하니 비어버린 것 같다고 생각했다. 바로 그때에 번쩍 거리에 전등이 들어왔다. 눈앞이 한 번 환해졌다. 그런데 다음 순간에는 어찌 된 셈인지 좀 전에 전등이 켜지기 전보다 더 거리가 어두워졌다. 철호는 눈을 한 번 꾹 감았다 다시 떴다. 그래도 매한가지였다. 뱃속이 비어서 그렇다고 철호는 생각했다. 그는 새삼스레 점심도 저녁도 안 먹은 자기를 깨달았다. 뭐든가 좀

먹어야겠다고 생각했다. 구수한 설렁탕 생각이 났다. 입 안
에 군침이 하나 가득히 고였다. 그는 어느 전주 밑에 가서 쭈
그리고 앉아서 침을 뱉었다. 그런데 그건 침이 아니라 진한
피였다. 그는 다시 일어섰다. 또 한 번 오한이 전신을 간질이
고 지나갔다. 다리가 약간 떨리는 것 같았다. 그는 속히 음식
점을 찾아내어야겠다고 생각하며 서울역 쪽으로 허청허청
걸었다.

"설렁탕."

무슨 약 이름이기나 한 것처럼 한 마디 일러놓고는 그는
식탁 위에 엎드려버렸다. 또 입 안으로 하나 찝찔한 물이 고
였다. 철호는 머리를 들었다. 음식점 안을 한 바퀴 휘둘러보
았다. 머리가 아찔했다. 그는 일어섰다. 그리고 문 밖으로 급
히 걸어나갔다. 음식점 옆 골목에 있는 시궁창에 가서 쭈그
리고 앉았다. 울컥 하고 입 안의 것을 뱉었다. 그러나 이번에
는 주위가 어두워서 그것이 핀지 또는 침인지 알 수 없었다.
철호는 저고리 소매로 입술을 닦으며 일어섰다. 이를 뺀 자
리가 쿡 한 번 쑤셨다. 그러자 뒤이어 거기에 호응이나 하듯
이 관자놀이가 또 쿡 쑤셨다. 철호는 아무래도 좀 이상하다
고 생각했다. 이제 빨리 집으로 돌아가 누워야겠다고 생각했
다. 그는 다시 큰길로 나왔다. 마침 택시가 한 대 왔다. 그는
손을 한 번 흔들었다.

철호는 던져지듯이 털썩 택시 안에 쓰러졌다.

"어디로 가시죠?"

택시는 벌써 구르고 있었다.

"해방촌."

자동차는 스르르 속력을 늦추었다. 해방촌으로 가자면 차를 돌려야 하는 까닭이었다. 운전사는 줄지어 달려오는 자동차의 사이가 생기기를 노리고 있었다. 저만치 자동차의 행렬이 좀 끊겼다. 운전사는 핸들을 잔뜩 비틀어 쥐었다. 운전사가 몸을 한편으로 기울이며 막 핸들을 틀려는 때였다. 뒷자리에서 철호가 소리를 질렀다.

"아니야. S병원으로 가."

철호는 갑자기 아내의 죽음을 생각했던 것이었다. 운전사는 다시 획 핸들을 이쪽으로 틀었다. 운전사 옆에 앉아 있는 조수애가 한 번 철호를 돌아다보았다. 철호는 뒷자리 한 구석에 가서 몸을 틀어박은 채 고개를 뒤로 젖히고 눈을 감고 있었다. 차는 한국은행 앞 로터리를 돌고 있었다. 그때에 또 뒤에서 철호가 소리를 질렀다.

"아니야. ×경찰서로 가."

눈을 감고 있는 철호는 생각하는 것이었다. 아내는 이미 죽었는데 하고.

이번에는 다행히 차의 방향을 바꿀 필요가 없었다. 그냥 달렸다.

"×경찰서 앞입니다."

철호는 눈을 떴다. 상반신을 번쩍 일으켰다. 그러나 곧 또 털썩 뒤로 기대고 쓰러져버렸다.

"아니야, 가."

"×경찰섭니다, 손님."

조수애가 뒤로 몸을 틀어돌리고 말했다.

"가자."

철호는 여전히 눈을 감고 있었다.

"어디로 갑니까?"

"글쎄 가."

"하 참 딱한 아저씨네."

"······."

"취했나?"

운전사가 힐끔 조수애를 쳐다보았다.

"그런가봐요."

"어쩌다 오발탄(誤發彈) 같은 손님이 걸렸어. 자기 갈 곳도 모르게."

운전사는 기어를 넣으며 중얼거렸다. 철호는 까무룩히 잠이 들어가는 것 같은 속에서 운전사가 중얼거리는 소리를 멀리 듣고 있었다. 그리고 마음속으로 혼자 생각하는 것이었다.

'아들 구실. 남편 구실. 애비 구실. 형 구실. 오빠 구실. 또 계리사 사무실 서기 구실. 해야 할 구실이 너무 많구나. 너무 많구나. 그래 난 네 말대로 아마도 조물주의 오발탄인지도 모른다. 정말 갈 곳을 알 수가 없다. 그런데 지금 나는 어디건 가긴 가야 한다.'

철호는 점점 더 졸려왔다. 다리가 저린 것처럼 머리의 감각이 차츰 없어져갔다.

"가자!"

철호는 또 한 번 귓가에 어머니의 소리를 들었다고 생각하며 푹 모로 쓰러지고 말았다.

차가 네거리에 다다랐다. 앞의 교통신호등에 빨간 불이 켜졌다. 차가 섰다. 또 한 번 조수애가 뒤를 돌아보며 물었다.

"어디로 가시죠?"

그러나 머리를 푹 앞으로 수그린 철호는 아무 대답도 없었다.

따르르릉 벨이 울렸다. 긴 자동차의 행렬이 움직이기 시작했다. 철호가 탄 차도 목적지를 모르는 대로 행렬에 끼여서 움직이는 수밖에 없었다. 철호의 입에서 흘러내린 선지피가 흥건히 그의 와이셔츠 가슴을 적시고 있는 것은 아무도 모르는 채 교통신호등의 파랑불 밑으로 차는 네거리를 지나갔다.

표구(表具)된 휴지(休紙)

—— 니무슨주변에고기묵건나. 콩나물무거라. 참기름이나마
니처서무그라.

누렇게 뜬 창호지에다 먹으로 쓴 편지의 일절이다. 언제부
터인가 나는 피곤할 때면 화실 한쪽 벽에 걸린 그 조그마한
액자의 편지를 읽는 버릇이 생겼다. 그건 매우 서투른 글씨
의 편지다. 앞부분과 끝부분은 없고 중간의 일부분만인 그
편지는 누가 누구에게 보낸 것인지도 알 수 없다. 다만 그 내
용으로 미루어 시골에 있는 늙은 아버지 —— 어쩌면 할아버
지일지도 모른다 —— 가 서울에 돈 벌러 올라온 아들에게 쓴
편지라는 것이 대충 짐작될 따름이다. 사실은 그 편지가 노
인이 쓴 것으로 생각되는 까닭은 그 내용도 내용이려니와 그
보다도 더 그 편지의 종이나 글씨에 있는지 모른다. 아마 어
느 가을에 문을 바르고 반 장쯤 남았던 창호지를 용케 생각
해내어 벽장 속을 뒤져 먼지를 떨고 손바닥으로 몇 번이나

211

쓸어 펴서 적당히 두루마리 모양이 나게 오린 것이리라. 누렇게 뜬 종이 가장자리가 삐뚤삐뚤하다. 거기에 사연을 먹으로 썼다. 순한글 —— 아니 이 편지에서만 언문이라는 말이 좀더 어울릴까 —— 로 쓴 그 글씨가 재미있다. 붓으로 썼다기보다는 무슨 꼬챙이에 먹을 찍어서 그린 것 같은 글자는 단 한 자도 그 획의 먹 농도가 고른 것이 없다. 뿐 아니라 글자의 획들이 모두 사개가 물러나서 이상스레 헐렁한데 그런 글자들이 또 제각기 방향을 잡고 아무렇게나 눕고 서고 했다. 그러니 글줄이 바를 리는 만무고.

　　—— 니 떠나고 메칠 안이서 송아지 낫다. 그녀석눈도큰게 잘 자란다. 애비보다 제에미를 더 달맛다고 덜한다.

이 대문에서는 송아지 석 자가 딴 글자보다 좀 크고 먹 색깔도 진하다. 나는 언제나 이 액자를 보면 그 사연보다 그 글씨로 하여 먼저 미소짓게 된다.

베적삼 고름은 헐렁하니 풀어헤쳤고 잠방이 허리는 흘러내려 배꼽이 다 드러난 촌로들이 마을 어귀 느티나무 그늘에 모여, 더러는 마주보고 장기를 두고 옆의 한 노인은 부채질을 하다 졸고 또 어떤 노인은 장죽을 쑤시는가 하면 때가 새까만 목침을 베고 누운 흰머리는 서툰 가락의 시조를 읊고.

그 크고 작고, 진하고 연하고, 삐뚤삐뚤한 글자들. 나는 거기서 노인들의 구수한 농지거리를 들을 수 있다.

　　—— 압 논벼는 전에 만하다. 뒷밧콩은 전해 만 못하다. 병정

갓 던덕 이돌아왔다. 니 서울 돈벌레 갓다니까, 소우숨하더라.

이 편지 액자는 사실은 내것이 아니다.
삼 년 전 가을이었다. 저녁 무렵 친구가 찾아왔다. 어느 은행 지점장인가 지점장 대리인가 하는 그 친구는 퇴근길에 잠깐 들렀다는 것이었다.
"부탁이 있는데."
"부탁? 설마 은행가가 가난한 화가더러 돈을 꾸란 건 아닐게고."
나는 농담으로 그를 맞아들였다.
"그런 건 아니고…… 이것 좀 보게."
그는 신문지로 돌돌 만 것을 불쑥 내밀었다.
"뭔데. 그림인가?"
"글쎄 펴보게. 그림이라면 그림이고 글이라면 글인데 그게…… 국보급이야."
친구는 장난기 어린 눈으로 안경 속에서 웃고 있었다. 나는 조심조심 신문지를 폈다. 그건 아무렇게나 구겨서 던졌던 휴지를 다시 편 것이었다.
"뭔가, 이건?"
"한번 읽어보게나."
친구는 눈으로 내가 들고 있는 휴지를 가리켰다. 나는 그 구겨졌던 종이 위에 먹으로 쓴 글자를 한자 한자 읽으면서 속으로 철자법을 교정해야 했다.
"무슨 편지 같군."
"그래."

"무슨 편진가?"

"나도 모르지."

"그런데!"

"어쨌든 재미있지 않나. 뭔가 뭉클하는 게 있단 말야."

"좀 그런 것 같긴 하지만……."

"바가지에 담아 내놓은 옥수수 냄새 같은, 뭐 그런 게 있잖아."

"흠, 자넨 역시 길을 잘못들었어."

나는 웃었다. 그는 나와 중학교 동창이다. 그 시절 그는 문학서적에 취해 있는 문학소년이었다. 선생님들도 그의 소설을 인정하고 있었다. 그런데 그는 결국 상과대학엘 갔다. 고등학교에서의 배치에 의해서였다.

"그거 표구할 수 있겠지?"

"표구?"

"그래."

"그야 할 수 있겠지. 창호지니까."

"난 그런 걸 잘 모르지 않나. 그래 화가인 자네 생각을 했지 뭔가. 자네가 어디 적당한 표구사에 맡겨서 좀 해주지 않겠나?"

"그야 어렵지 않지만…… 자네도 어지간히 호사가군. 이걸 표구해서 뭘 하나. 도대체 어디서 주워온 건가, 이 휴지는?"

"아닌게아니라 정말 휴지통에서 주운 거지."

그 친구 은행 창구에 저녁때면 날마다 빼지 않고 들르는 지게꾼이 있단다. 은행 문 앞에 지게를 벗어 세워놓고는 매

우 죄송스러운 태도로 조용히 은행 안으로 들어서는 스물댓
나 보이는 그 꺼먼 얼굴의 청년을 처음엔 안내원이 막았다.

"뭐지요?"

"예, 예, 저어……."

"여긴 은행이오, 은행!"

"예, 그러니까 저 돈을……."

청년은 어리둥절해서 말도 제대로 하지 못했다.

"글쎄, 은행이라니까!"

"예, 그런데 그 조금도 할 수 있습니까?"

"조금이라니 뭘 말이오?"

"저금을 조금두 할 수 있습니까?"

"저금요!"

은행 안의 모든 시선들이 그 지게꾼에게로 쏠렸다.

청년은 점점 더 당황하였다. 얼굴이 붉어져서 돌아서 나가
려는 그를 불러세운 것은 예금 창구의 여직원이었다. 청년은
손에 말아쥐고 있던 라면 봉지에서 꼬깃꼬깃한 백 원짜리 지
폐 다섯 장과 새로 새긴 목도장을 꺼내어 떨리는 손으로 여
직원에게 바쳤다. 청년은 저만치 한구석으로 가 서서 불안스
러운 눈으로 멀리 여직원을 지켜보고 있었다. 한참만에 그는
흠칫 놀랐다. 생전 처음 그는 씨자가 붙은 자기 이름을 들었
던 것이다. 그는 여직원 앞으로 달려와 빳빳한 통장을 받았
다. 청년은 여직원과 안내원에게 굽신굽신 절을 하고는 한
손에 통장을 받쳐든 채 들어올 때처럼 조심스럽게 유리문을
밀고 나갔다. 통장을 확인할 경황도 없이.

다음날부터 그 청년은 매일 저녁 무렵이면 꼭꼭 들렀다.

하루에 이백 원 혹은 삼백 원 또 어떤 날은 오백 원, 그의 통장에는 입금만 있고 출금난은 비어 있었다. 이제는 제법 안내원과는 익숙해졌으나 여직원 앞에서는 여전히 얼굴을 붉히고 수고를 끼쳐서 대단히 죄송하다는 표정 그대로였다.

그러던 어떤 날이었다. 그날은 여느 날보다 조금 일찍 청년이 은행엘 들렀다.

"오늘은 일찍 오셨네요. 얼마 넣으시겠어요?"

여직원이 미소로 물었다.

"예, 기게 오늘은 좀……."

청년은 무언가 종이 뭉텅이를 들고 머뭇거렸다.

"왜요?"

"이거 정말 죄송합니다. 이거 얼마 되지도 않는 걸 동전으루…… 그동안 저금통에 넣었던 걸 오늘 깼었죠. 기래 여기 이렇게……."

청년은 종이에 싼 것을 내밀었다.

"아이, 많이 모으셨네요."

"죄송합니다. 정말 이거……."

청년은 뒤통수를 긁적거리며 언제나 그가 서서 기다리는 구석으로 갔다.

"이게 바로 그 지게꾼 청년이 동전을 싸가지고 온 종이지."

친구는 내 손의 그 편지를 가리켰다.

"그래. 그럼 그의 집에서 그 청년에게 보낸 편지란 말인가?"

"글쎄. 반드시 그렇다고는 할 수 없겠지. 동전을 세는 여직원을 거들어주다가 우연히 발견하고 재미있다고 생각돼서 가지고 온 것뿐이니까."

—— 우물집 할머니 하루 알고 갔다. 모두 잘 갔다 한다. 장손이 장가갓다. 색씨는 너머 마을 곰보 영감딸이다. 구장네탄 실이 시집 간다. 신랑은 읍의 서기라더라. 앞집순이가어제 저녁 감자 살마치마에 가려들고 왔더라. 순이는시집안갈끼라 하더라. 니는 빨리 장가 안들어야 건나.

나는 비시시 웃음이 새어나왔다. 편지 내용도 그렇고 친구의 장난기도 그랬다.
어쨌든 나는 그 창호지를 아는 표구사에 맡겼다. 그게 어떤 편지냐고 묻는 표구사 주인한테는
"굉장한 겁니다. 이건 정말 국보급입니다"
하고 얼버무렸다. 표구사 주인은 머리를 갸웃거렸다.
그 후 나는 그 창호지 편지를 감감히 잊어버리고 있었다. 그런데 은행 친구가 어느 외국 지점으로 전근이 되었다. 비행기가 떠날 때 나는 문득 그 편지가 생각이 났다.

—— 니 떠나고 메칠 안이서 송아 지낫다.

그 길로 나는 표구사로 갔다. 구겨진 휴지였던 그 편지는 깨끗이 펴져서 액자 속에 들어 있었다. 그렇게 치장하고 보니 그게 정말 무슨 국보나 되는 것 같았다.

—— 돈조타. 그러나 너거 엄마는 돈보다도 너가 더조 타한
다. 밥 묵고 배아프면 소금 한줌 무그라 하더라.

그날부터 그 액자는 내 화실에 그냥 걸어두었다. 그저 걸
어둔 거다. 그런데 그게 이상하게도 차츰 내 화실의 중심점
이 되어갔다. 그건 그림 같기도 하고 글 같기도 하다. 아니
그건 분명 그 둘이 합쳐진 것이었다.
　나는 친구가 외국으로 떠나고 이태 동안 그 액자를 간간
바라보고 있는 사이에 차츰 그 친구의 심정을 느껴 알 것 같
았다.

—— 니 무슨 주변에 고기 묵건나. 콩나물 무거라. 참기름이
나마 니처서 무그라.
—— 순이는 시집 안갈끼라하더라. 니는 빨리 장가 안들어야
건나.
—— 돈조타. 그러나 너거 엄마는 돈보다도 너가 더 조타한
다.
　그리고 채 이어지지 못하고 끊어진 맨 끝줄.
—— 밤에는 솟적다 솟적다 하며 새는 운다마는……

□ 연 보

1920년   12월 30일 평남 안주군 신안주면 운학리 19번지에
         서 아버지 이계하와 어머니 유심건 사이에서 5남 4
         녀 중 차남으로 출생. 호는 학촌(鶴村).
1933년   신안주 청강보통학교 졸업.
1938년   진남포 공립상공학교 졸업. 이후 평양에서 은행원
         을 하기도 하고 만주에 가서 회사의 사무직 계통에
         서 근무하기도 함.
1943년   신안주 금융조합에 근무. 10월, 평남 중화군 풍덕
         면 풍덕리 출신의 홍순보(洪順輔)와 결혼. 11월,
         일제의 징용을 피해 처남이 간부로 있던 평북 봉천
         탄광에서 경리계에 근무.
1945년   광복과 더불어 귀향.
1946년   연초에 단신 월남. 군정청 통위부, 금강 전구회사
         회계과 근무. 2월 20일 장녀 정애(正愛) 출생. 동국
         대 전문부 입학.
1947년   부인 월남, 합류.
1948년   연희대학교 교무과 근무.
1949년   동국대 전문부 졸업.
1950년   6 · 25동란 발발, 서울서 숨어 지냄.
         1 · 4후퇴 때부터 부산으로 피난.

1951년   부산 부민동 교회에서 살다가 가을 백낙준의 소개
         로 거제도 장승포 거제고등학교 교사로 부임, 이후
         3년간 근무.

1954년   서울로 돌아와 성북구 안암동과 경기도 안양의 셋
         방을 전전.

1955년   대광고등학교 근무. 서울 동대문구 답십리동 29번
         지 8호에 집을 마련. 《현대문학》지에 단편 〈암표
         (暗標)〉(4월호), 〈일요일〉(12월호)을 발표하여 김동
         리의 추천을 받아 문단에 데뷔.

1956년   단편 〈이웃〉(현대문학 5월호) 등 발표.

1957년   단편 〈학마을 사람들〉〈미꾸라지〉〈수심가(愁心
         歌)〉를 《현대문학》 1 · 9 · 11월호에 각각 발표. 3월
         14일 차남 창종(昌鍾) 출생.

1958년   단편 〈토정비결〉(현대문학 1월호), 〈사망보류(死亡
         保留)〉(사상계 2월호), 〈몸 전체로〉(사상계 5월호),
         〈백이숙제(伯夷叔齊)〉(현대문학 7월호), 〈피해자〉
         (세계 7월호), 〈별 셋〉(현대문학 8월호), 〈갈매기〉(현
         대문학 12월호) 발표.
         첫 창작집 《학마을 사람들》(오리문화사) 간행.

1959년   단편 〈소년〉(신문예 3월호), 〈냉혈동물(冷血動物)〉
         (문예 10월호), 〈오발탄〉(현대문학 10월호), 〈환원〉
         (사상계 10월호) 발표. 제2창작집 《오발탄》 발표.
         대광고등학교를 사임하고 한국외국어대학 교무주
         임으로 근무.

1960년   단편 〈태양을 부른다〉(새벽 4월호), 〈아내〉(현대문

학 5월호), 〈박사님〉(사상계 11월호), 장편 〈동트는 하늘 밑에서〉(현대문학 10월호~1961년 9월호) 발표.

제4회 《현대문학》 신인상 수상.

한국외국어대학 사임.

1961년　장편 〈삭풍(朔風)〉 부산일보 연재. 단편 〈오발탄〉으로 제5회 동인문학상 후보상 수상. 한국외국어대학, 서라벌예술대학 출강.

1962년　단편 〈월광곡(月光曲)〉(사상계 2월호), 〈돌무늬〉(사상계 11월호) 발표. 5월문예상 장려상 수상. 한국외국어대학 전임강사에 취임. 답십리동 29번지 9호로 이사.

1963년　단편 〈너는 적격자다〉(신세계 1월호), 〈분수령(分水嶺)〉(현대문학 11월호), 〈자살당한 개〉(신작 33인집) 발표. 제3창작집 《피해자》(일지사) 간행.

1964년　단편 〈네온사인〉(현대문학 7월호), 〈나는 그 동물의 이름을 모른다〉(문학춘추 7월호), 〈코스모스 부인〉(문학춘추 10월호), 〈살모사(殺母蛇)〉(사상계 11월호) 발표. 장편 〈밤에 핀 해바라기〉(국제신보) 연재.

1965년　단편 〈화환(花環)〉(현대문학 1월호), 〈명인(名人)〉(신동아 8월호) 발표. 장편 〈하오(下午)의 무지개〉(대한일보), 〈분수 있는 로터리〉(여원) 연재.

1966년　단편 〈혼례기(婚禮記)〉(현대문학 3월호), 〈상흔(傷痕)의 내력〉(신동아 4월호), 〈그의 유작〉(문학 8월호), 〈임종의 소리〉(현대문학 10월호) 발표. 장편 〈금붕어의 향수〉(여상〔女傷〕) 연재.

1967년 단편 〈단풍〉(현대문학 5월호), 〈신분증〉(신동아 7월호) 발표. 장편 〈춤추는 선인장〉(조선일보), 〈구름을 보는 여인〉(전남일보) 연재.

1968년 단편 〈쇠를 먹고 사는 사람들〉(현대문학 2월호), 〈문화주택〉(신동아 5월호) 발표. 장편 〈산 너머 저산 너머〉(대구매일신문) 연재.

1969년 단편 〈태자(太子) 까치〉(아세아 3월호), 〈죽마지우〉(월간문학 4월호) 발표. 장편 〈거울〉(부산일보) 연재.

1970년 단편 〈청대문집 개〉(현대문학 9월호) 발표. 장편 〈당원의 미소〉(월간문학 10월호부터), 〈사령장〉(경제신문) 연재. 제5회 월탄문학상 수상.

1971년 단편 〈지신〉(신동아 2월호) 발표.

1972년 단편 〈표구된 휴지〉(문학사상 10월호), 〈정 교수의 휴강〉(현대문학 6월호) 발표.

1973년 단편 〈쓸쓸한 이야기〉(신동아 2월호), 〈하늘엔 흰구름이〉(현대문학 3월호) 발표. 한국외국어대학 부교수.

1975년 단편 〈초배〉(한국문학 2월호), 〈배나무 주인〉(문학사상 10월호) 발표. 수상집 《전쟁과 배나무》(관동출판사) 간행.

1976년 단편집 《표구된 휴지》(관동출판사) 간행.

1977년 단편 〈고장난 문〉(문학사상 9월호) 발표.

1978년　단편 〈판도라의 후예〉(문학사상 10월호) 발표. 장편 〈흰 까마귀의 수기〉(현대문학 1월호부터) 연재. 장 편 《검은 해협》(태창문화사) 간행.

1979년　단편 〈유모차〉(현대문학 12월호), 〈면민회〉(문예중 앙 12월호) 발표. 장편 《흰 까마귀의 수기》(여원문화 사) 간행.

1980년　단편 〈두메의 어벙이〉(문학사상 1월호), 〈고국〉(소 설문학 7월호) 발표. 장편 《당원의 미소》(명성출판 사), 《밤에 핀 해바라기》(신여원사) 간행.

1981년　단편 〈별과 코스모스〉(문학사상 5월호), 〈미친 녀 석〉(한국문학 7월호) 발표. 대한민국예술상 수상. 예술원 회원.

1982년　1월 21일 캐나다 여행. 2월 12일 귀국. 2월 28일 뇌 일혈로 졸도, 경희의료원에 입원. 3월 13일 오전 3 시 45분 타계. 경기도 용인군 모현면 용인 공원묘 지에 안장. 사후 단편집으로 《두메의 어벙이》(홍성 사)가 간행됨.

□ 지은이 소개

1920~1982. 소설가. 평남 안주군 출생.
동국대학교 졸업.
1960년 제4회 현대문학 신인상, 1961년 제5회 동인문학상
후보상, 1970년 제5회 월탄문학상,
1981년 대한민국예술상 등 수상.
대표작 〈학마을 사람들〉〈오발탄〉〈두메의 어벙이〉 등.

이범선 작품선

1991년 11월 30일   초판   1쇄 발행
1997년 8월 10일   2판   1쇄 발행
1999년 11월 10일   3판   1쇄 발행
2008년 6월 20일   3판   3쇄 발행

지은이   이   범   선
펴낸이   윤   형   두
펴낸데   범   우   사

출판 등록   1966. 8. 3. 제 406-2003-048호
413-756   경기도 파주시 교하읍 문발리 525-2
대표 전화   (031) 955-6900, 팩스 (031) 955-6905

＊ 파본은 교환해 드립니다.   교정·편집/김길빈·김지선
＊ 책값은 뒤표지에 있습니다.

ISBN 89-08-03276-2 04810   (홈페이지) http://www.bumwoosa.co.kr
      89-08-03202-9 (세트)   (E-mail) bumwoosa@chollian.net

국내외 명작중 현대의 고전을 엄선한 획기적인 본격 비평문학선집

범우비평판 세계문학선

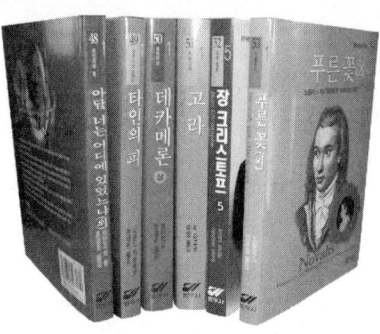

작가별 작품론을 함께 실어 만든 출판 37년이 일궈낸 세계문학의 보고!

대학입시생에게 논리적 사고를 길러주고 대학생에게는 사회진출의 길을 열어주며,
일반 독자에게는 생활의 지혜를 듬뿍 심어주는 문학시리즈로서
범우비평판은 이제 독자여러분의 서가에서 오랜 친구로 늘 함께 할 것입니다.

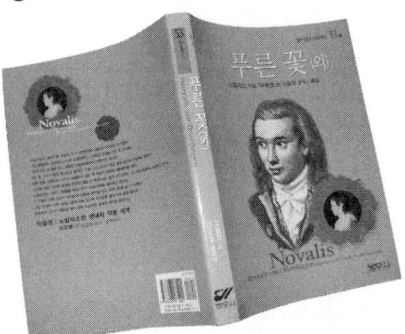

(全冊 새로운 편집 · 장정 / 크라운변형판)
계속 발간됩니다.

범우사　E-mail:bumwoosa@chol.com　TEL 02)717-2121

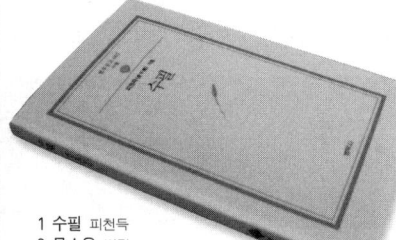

배낭 속에 책 한 권을!

범우문고

독서의 생활화와 양질의 도서를 보급키 위해 문학·사상·고전
·철학·역사·학술분야를 망라한 종합교양문고로, 언제 어디
서나 누구든지 저렴한 가격으로 부담없이 읽을 수 있는 책!

▶각권 값 2,800원

범우사   E-mail:bumwoosa@chol.com TEL 02)717-2121

온고지신(溫故知新)으로 희망찬 21세기를!

현대사회를 보다 새로운 시각으로 종합진단하여
그 처방을 제시해주는

범우사상신서

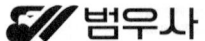 범우사   서울시 마포구 구수동 21-1호. 전화 717-2121 FAX 717-0429
http://www.bumwoosa.co.kr (천리안 · 하이텔 ID) BUMWOOSA

온고지신(溫故知新)으로 21세기를!

범우고전선

시대를 초월해 인간성 구현의 모범으로 삼을 만한 책을 엄선

범우사 서울시 마포구 구수동 21-1호 TEL 717-2121, FAX 717-0429
http://www.bumwoosa.co.kr (천리안·하이텔 ID) BUMWOOSA

범우학술·평론·예술

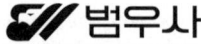 범우사   서울시 마포구 구수동 21-1
전화 717-2121 FAX 717-0429

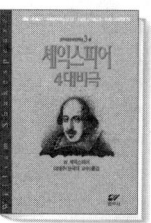
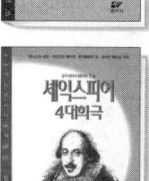
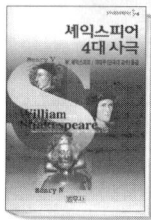
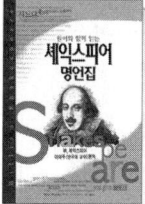
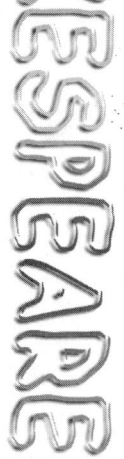
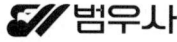

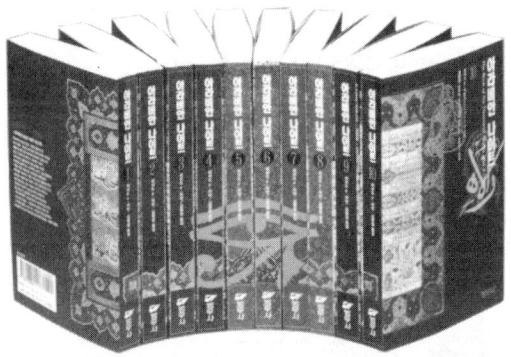
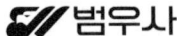

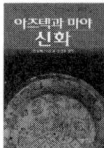
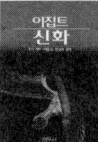
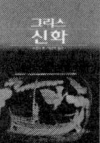
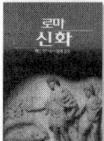
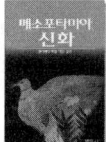
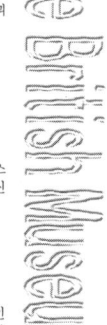
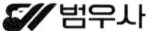

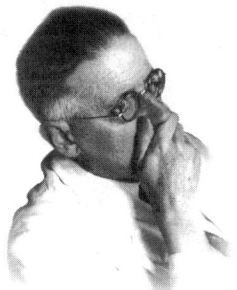

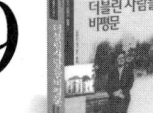
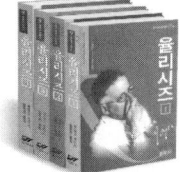
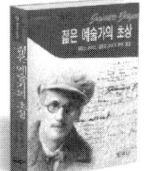
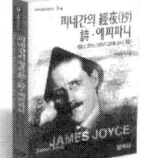
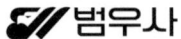

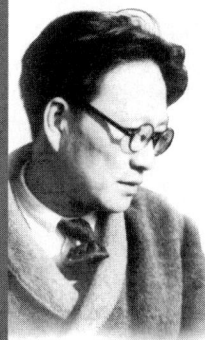
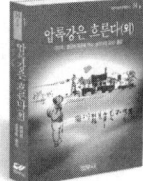
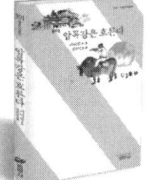
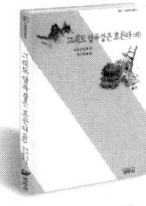
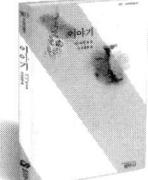
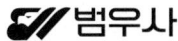

범우 아믹총서
(Animation · Movie · Illustration · Comics)

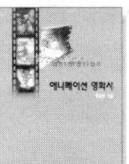

영화 역사가들은 애니메이션 기원을 서양에서만 찾고 있지만,
이 책은 400여 컷의 도판과 함께 국내외 주요 작가와 작품들을 소개,
우리 나라에서 그 기원을 찾는다.
이 책은 기원전 1만~5천 년경의 것으로 추정되는 동굴벽화에서부터
오늘에 이르기까지 애니메이션 역사를 각 나라별로 총망라하여 보여주고 있다.

애니메이션 영화사 – 기원 전에서부터 현대까지
황선길 지음　범우아믹총서 – ①/4×6배판/368면/15,000원

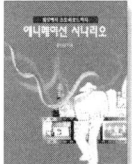

부천 애니페스티발 교수상 작품 (2000년)

남녀노소를 불문하고 향유할 수 있는 문화로 자리잡은 애니메이션은 이제 국내 창작물도
수적, 질적으로 증가하면서 과거 하청작업의 틀에서 벗어나고 있다.
이 책은 이러한 시점에서 국내 애니메이션의 기획 · 제작에 몸 담아온 저자가 그 동안의
경험을 살려서 애니메이션의 바탕이 되는 시나리오 작업에 대해서 소개하고 있다.

애니메이션 시나리오 – 발상에서 스토리보드까지
황선길 지음　범우아믹총서 – ②/4×6배판/224면/10,000원

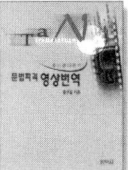

영상(실사 · 애니메이션 · 다큐멘터리) 번역에 대한 체계화를 시도한 이 책은,
외국어를 우리말로 옮기는 의미 해석작업이 아니라 우리말로 옮겨 놓은 대사를
더빙 언어로 다듬는 작업방법을 다루고 있다.
이 책은 실사 영화, 애니메이션, 다큐멘터리 등에도 폭넓게 적용된다.

문법파괴 영상번역
황선길 지음　범우아믹총서 – ③/4×6배판/240면/10,000원

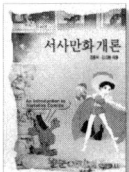

국내에 애니메이션과 만화가 대중문화로 각광받으며, 이와 관련한 책들도
쏟아져 나오고 있다. 그러나 출판만화이론 분야는 연구가 척박하다.
이 책은 만화분야에 종사하는 사람, 종사할 사람, 또 만화에 관심 있는 많은 일반인들에게
출판만화에 대한 안목을 깊게 해 줄 것이다.

서사만화 개론
김용락 · 김미림 지음　범우아믹총서 – ④/신국판/400면/13,000원

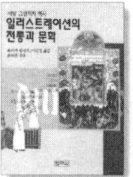

일본 최초의 출판인 전문 양성기관인 일본 에디터 스쿨 출판부가 이 책의 출판원(元)이다.
이 책에서는 언제부터 어떻게 그림책이라는 것이 만들어지게 되었으며,
모든 것이 수공업으로 이루어지던 활자 매체에 그림과 삽화가 도입된 기원에서
부터 제작 공정, 발전 과정 등이 그 시대의 그림 · 삽화와 함께 서술되어 있다.

일러스트레이션의 전통과 문화
요시다 신이치 지음/이민정 옮김/윤재준 감수
범우아믹총서 – ⑤/4×6배판/256면/15,000원

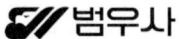 **범우사**　서울시 마포구 구수동 21-1호 TEL 717-2121, FAX 717-0429
http://www.bumwoosa.co.kr (천리안 · 하이텔 ID) BUMWOOSA

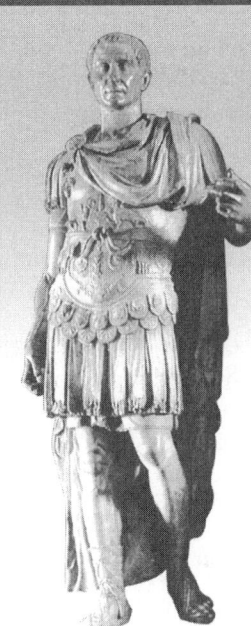
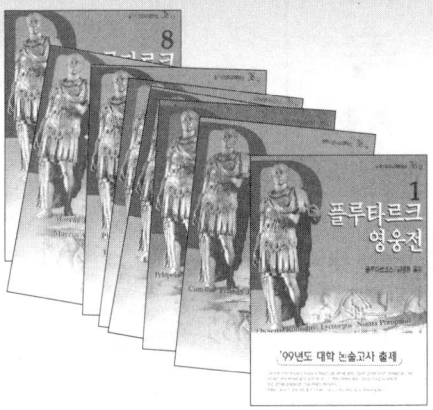
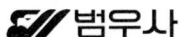

범 우 희 곡 선

연극으로 느낄 수 없는 시나리오의
진한 카타르시스, 오랜 감동 …!

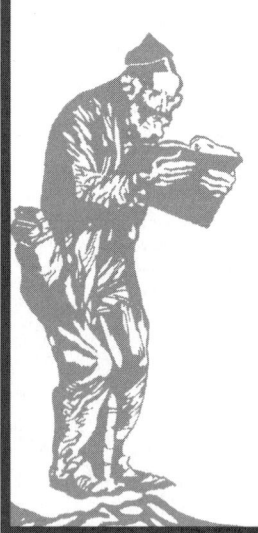

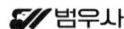 범우사

서울시 마포구 구수동 21-1호 TEL 717-2121, FAX 717-0429
http://www.bumwoosa.co.kr (천리안·하이텔 ID) BUMWOOSA